TOUS LES MOTS
QU'ON NE S'EST PAS DITS

DU MÊME AUTEUR

Romans

TOUS LES HOMMES SONT DES CAUSES PERDUES, L'Âge d'Homme, 2015.
LA PETITE MALIKA, *co-écrit avec Habiba Mahany*, Lattès, 2010.
LE PETIT MALIK, Lattès, 2008.
LE POIDS D'UNE ÂME, Lattès, 2006.

Romans jeunesse

CLASSE À PART, L'École des Loisirs, 2021.
KRIMO, MON FRÈRE, L'École des Loisirs, 2019.
TOUTES LES COULEURS DE MON DRAPEAU, L'École des Loisirs, 2018.

Essai

ÉLOGE DU MISÉREUX, Michalon, 2007.

MABROUCK RACHEDI

TOUS LES MOTS QU'ON NE S'EST PAS DITS

BERNARD GRASSET
PARIS

L'auteur a bénéficié pour cet ouvrage du soutien du CNL

Photo de la bande : F. Le Diascorn © Gamma/Rapho.

ISBN 978-2-246-82734-4

À ma grande famille.

« Le mot origine veut dire non pas commencement mais achèvement. Origine est synonyme de conclusion. Raconter l'origine d'une chose, c'est raconter l'histoire de cette chose dont elle est la conclusion. »

Étienne KLEIN

La Grande Borne, Grigny, 9 juin 1983

L'oncle Yacine s'invitait à la maison n'importe quel jour, à n'importe quelle heure, pour n'importe quelle durée. Il pouvait débarquer en janvier, en juillet ou en décembre, pour un jour ou pour deux mois, à midi, à minuit ou à trois heures du matin. Il arrivait sans crier gare, et au moment de partir, se saisissait de son gros cabas sans prendre le temps de nous dire au revoir. J'étais persuadé d'avoir développé un sixième sens pour distinguer les signes avant-coureurs de son grand débarquement. C'était en fait une forme de paranoïa, parfois j'aurais juré avoir entendu son pas traîner jusqu'à la maison. L'ombre de mon oncle, et surtout ses bruits, flottaient constamment au-dessus de nos têtes. Quand une année il manquait à l'appel, nous nous réjouissions à l'idée de sa mort. Bon débarras ! Il n'empiéterait plus sur notre espace vital, avec son grand corps dégingandé et ses sacs obèses.

Le frère aîné de mon père apportait des cadeaux à tous ses visiteurs en France. Sa générosité le poussait à proposer ses services au tout venant, y compris à des inconnus rencontrés à l'aéroport. Pour eux, il passait en douce des médicaments, des vêtements, ou n'importe quel bien qui transitait par les chaînes de solidarité informelle, dont les voyageurs étaient le maillon rare et indispensable. Il refusait tout paiement ou cadeau en retour. Il n'était mû que par le sens du devoir. Mais pour nous, sa famille d'accueil pendant ses interminables séjours, il n'apportait jamais rien. Pas une babiole, pas un grain de couscous, pas une miette de makrout, pas même un sourire. L'ingratitude du roi s'abattait sur ses douze larbins, mes cinq frères, mes quatre sœurs, mes deux parents et moi. J'étais le plus jeune, donc le moins digne de ses égards. Son auguste position le dispensait de m'appeler par mon prénom. Il disait « toi, là » avec un air dédaigneux, plutôt que Malik. Un jour, j'osai demander à mon père pourquoi on continuait de lui dérouler le tapis rouge. Par « on », j'entendais surtout ma mère, qui passait ses journées en cuisine pour lui concocter ses meilleurs plats, jamais deux fois le même d'affilée. Il n'était pas question de lui servir les restes d'un repas précédent, nous nous chargions de la basse besogne. Dans le salon, il se régalait ainsi de mets soigneusement présentés dans le service doré des grandes occasions, quand nous picorions en catimini dans la cuisine le rab que sa voracité avait épargné. Pour seule réponse, je reçus une claque. À laquelle mon père ajouta, péremptoire : « La famille, c'est sacré. » La famille est devenue ce coup sec au visage, une douleur décuplée par le feu de la honte.

Ce souffle chaud qui fit rougir mes joues, je l'ai connu pour la première fois à sept ans. J'avais dû recevoir d'autres claques, mais rien qui ne ressemble à ce picotement qui rétrospectivement distingue, trente-sept ans plus tard, la vexation de l'humiliation, la trace superficielle de la cicatrice. Tout avait commencé à cause d'une histoire que l'on m'avait racontée sur mon père. Je le voyais comme le plus beau et le plus fort du monde parce qu'il avait épousé la plus belle et la plus forte femme du monde. Héros collatéral de mon complexe d'Œdipe, mon père écumait alors les chantiers. Il m'y amenait parfois pour me montrer ce qu'était un vrai travail, qu'il opposait aux tâches des chefs. Ainsi désignait-il tous ceux qui n'étaient pas ouvriers, les travailleurs de bureau. À le voir un jour soulever des blocs de pierre, puis le lendemain défier le vide sur un échafaudage perché dans le ciel, je l'identifiais à Spider-Man. Sa fierté n'allait pourtant pas jusqu'à souhaiter à ses enfants le sort qu'il endurait au quotidien. Le paradoxe de notre éducation se résumait dans cette façon qu'il avait d'affirmer son honneur d'être qui il était, et de nous pousser vers ce qu'il disait détester. « Un jour, ce sera vous les chefs. » Combien de fois, mes frères, mes sœurs et moi avons-nous entendu cette prophétie, suivie de mille noms d'oiseaux pour qualifier lesdits chefs ? À l'école, c'était la même chose, il nous fallait être « meilleur que les Français », c'est pourquoi il refusait, autant que sa maîtrise de la langue le lui permettait, de parler avec nous dans nos langues natales, le tamazight et l'arabe. Seules les insultes résistaient à son vœu de francisation, on pouvait maudire une famille sur cinq générations plus facilement en VO qu'en VF. Il fallait être français, sans tout à fait l'être et tout en cherchant à l'être mieux. Allez comprendre quelque chose.

Encore aujourd'hui, cette histoire me serre la gorge. Mon père avait été affecté avec une vingtaine d'autres ouvriers à la construction d'un bâtiment, une de ces barres HLM hideuses dans le genre de celle qu'on habitait. L'ampleur du chantier était une aubaine, quelques mois de visibilité dans les finances, un luxe. Le rêve avait duré six mois. À la fin, les murs n'étaient pas droits, les plafonds étaient effrités, les peintures écaillées… Et l'édifice une boîte d'allumettes où les ouvriers semblaient avoir empilé les briques sans réfléchir. Le contremaître, qui avait failli dans la supervision de l'ouvrage, avait été renvoyé. C'était la première fois qu'un chef était viré. La honte reposa tout entière sur les épaules des ouvriers : comment avaient-ils pu manquer à ce point de discernement ? Xavier, notre voisin de palier, avait fait courir le bruit qu'il manquait une case à mon père. J'en avais eu les larmes aux yeux, une émotion interdite dans le quartier. Je la noyai dans une énième bagarre perdue qui me donna une raison légitime de chialer. « Au moins, Malik est courageux », voilà ce qu'on disait de moi. À défaut de saluer ma force, on relevait ma bravoure. Elle était pourtant factice : défier des gens d'une tête de plus que moi me donnait un prétexte pour pleurer, au lieu d'affronter mes problèmes. Ceux qui m'avaient vu me battre savaient que mes jambes m'étaient plus utiles que mes poings. Pour fuir.

Né dans une famille musulmane, je n'ai jamais cru au Père Noël. Mais je croyais en mon père. Ce jour-là, Spider-Man était tombé de sa toile : je ne pouvais plus le regarder comme avant. Chacun des mouvements de mon père était accompagné de l'écho de la voix de Xavier. Elle disait « minable », « idiot », « connard » et d'autres insultes plus crues qu'on profère chez nous. Même quand, lassé de me casser la gueule, Xavier avait cessé de les prononcer, je les entendais toujours, ses refrains lancinants.

Le soir, nous regardions le journal de 20 heures en famille, un rituel imposé par mon père, qui trônait dans son fauteuil. Il voulait qu'on connaisse tout de la France, surtout depuis la victoire de François Mitterrand à l'élection présidentielle. La gauche au pouvoir traçait un nouvel horizon des possibles : nous aussi, tôt ou tard, nous enfilerions les beaux costumes des politiques. Pour devenir des chefs au-dessus des chefs de mon père. Détenir ce pouvoir qui lui manquait cruellement. Il était convaincu qu'en maîtrisant et en nous appropriant la langue, nous réparerions le handicap de notre position sociale. « Un jour, vous parlerez aussi bien qu'eux », présageait-il, en s'efforçant de bien détacher les syllabes, en français, et en roulant le moins possible les « r ». « Eux », c'était évidemment les politiques de gauche, avec une préférence pour le camarade Georges Marchais. Ce désir de puissance était monté très tôt à la tête de Kader. Celui qu'on appelait le frère du milieu, parce qu'il se trouvait statistiquement à la médiane, revendiquait le droit de décider par lui-même, y compris à la maison. Il était le seul à oser s'asseoir sur le fauteuil paternel et rechignait au moment de céder sa place. Quand notre père lui demandait de changer de chaîne, il faisait semblant de ne pas entendre, et quittait la pièce. Le respect de l'autorité que nous enseignaient nos parents était synonyme de servilité aux yeux de Kader. Il ne supportait pas qu'on lui impose quoi que ce soit. Déjà.

Le présentateur du journal, Jean-Claude Allanic, annonça la destruction des premières tours des Minguettes à Vénissieux. Le bruit de l'explosion des tours me tira de ma somnolence. Jean Peyzieu, envoyé spécial, parlait des banlieues comme des « quartiers à problèmes », « un repaire de loubards » où régnait « le vandalisme ». Chacune de ces expressions crispait un peu plus le visage de mon père. Je me souviens comme si c'était hier de Marcel Houël, maire de Vénissieux, expliquant que sa ville avait perdu le contrôle de l'attribution des logements sociaux. À l'écran, un groupe de jeunes qui auraient pu être n'importe lequel d'entre nous dans le quartier. La superposition du son, qui désignait les populations indésirables, et de l'image, qui les exhibait, pointait du doigt les immigrés de la première génération. Notre père, si soucieux de nous montrer l'exemple, n'a pas pu s'empêcher de pester en tamazight. Ces mots-là, je ne les connaissais pas, c'est dire comme ils devaient être gratinés. Ma mère a alors surgi et reproché à son mari d'enseigner des expressions interdites à ses enfants (et dès lors qu'elles étaient interdites, nous irions bien sûr chercher à les répéter). La fureur de mon père me réjouissait. Spider-Man s'indignait. Sa fureur m'attristait aussi. Car Spider-Man n'existait plus. J'ai essayé de réprimer la tristesse qui me piquait les yeux. J'ai lutté quelques minutes, puis une crise de larmes a jailli dans des proportions inattendues, sans que j'aie eu le temps de me tourner vers l'un de mes grands frères pour provoquer une bagarre montée de toutes pièces. Et alors que le présentateur du journal évoquait l'avènement de Mário Soares, nouveau Premier ministre du Portugal, mon père s'est félicité de mes pleurs qu'il supposait de joie : ils lui offraient la preuve que j'étais le plus socialiste d'entre tous.

Ma mère a de nouveau déboulé de sa cuisine où elle n'en finissait pas de préparer le dîner. On disait « sa » cuisine, car c'était son territoire. Onze paires d'yeux convergèrent vers moi et mon père déchanta : Mário Soares, tout socialiste fût-il, n'avait rien à voir avec ma réaction. Il m'a demandé ce qui n'allait pas. Je suis resté muet. Il a compris que je ne me confierais pas devant le reste de la famille, et m'a proposé de faire un tour avec lui aux Buttes-Chaumont. C'est ainsi qu'il appelait la petite colline à côté de notre appartement de banlieue, en référence à ses premiers souvenirs en France, à Paris. Il n'a pas pipé mot, juste posé sa main sur mon épaule. Son geste m'a fait l'effet d'un sérum de vérité. Tremblotant, je lui ai tout raconté. Ces tours que j'avais vues s'écrouler m'avaient rappelé le chantier catastrophique auquel il avait participé. J'avais imaginé que c'était leur bâtiment qu'on avait dû dynamiter, parce que les ouvriers ne l'avaient pas fabriqué correctement. Les insultes de Xavier m'étaient revenues, et la honte avec.

Mon père s'est tu pendant ma confession. Il a allumé une cigarette. Comme à son habitude, il avait craqué l'allumette plusieurs fois contre la boîte avant de faire crépiter la flamme et de tirer une longue taffe. Ce cérémonial indiquait qu'il mettait ses idées en place avant de prendre la parole. Il adoptait la même attitude pour raconter ses histoires loufoques avant de nous coucher, ou pour jouer un coup décisif aux dames.

— Mon fils, tu ne devrais pas écouter les gens. Fais confiance à ton père, fais confiance à ta famille. Je vais te dire ce qui s'est passé sur ce chantier. C'est très différent de ce que tu crois.

Entre chacune de ses phrases, mon père prenait son temps. Il tirait sur sa cigarette en plissant les yeux. Il jouait à se faire désirer.

— Il y a un an, sur un autre chantier, nous étions les vingt mêmes ouvriers à construire un autre bâtiment avec M. Martin, le contremaître. Il y avait des problèmes dans la structure et nous le lui avons dit. Il l'a répété à son chef qui l'a félicité. Il nous a récompensés le lendemain par une tape sur l'épaule. Nous étions contents de cette reconnaissance. Trois mois après, M. Martin est venu au travail à bord d'une grosse berline. Il avait été augmenté grâce aux économies réalisées par la société, suite au défaut de construction qu'il avait signalé. Nous nous sommes sentis floués. Alors, quand dans cet autre chantier, nous avons repéré le même genre de problème, nous avons fait exactement ce pour quoi nous sommes payés : poser des pierres les unes sur les autres.

Mon père n'a pas ajouté un mot. Il voulait que ses enfants comprennent par eux-mêmes ses enseignements, soit sous la forme de contes, soit sous la forme d'anecdotes. Je me suis figé. Mon père m'observait en silence. Puis s'est détourné quand il a aperçu une lueur dans mes yeux. La malfaçon de l'immeuble n'était pas une preuve de bêtise, mais un acte de résistance. Puisque les ouvriers ne seraient jamais récompensés pour un autre travail que le leur, et que les autres, en revanche, bénéficieraient toujours de leurs mérites, ils ne feraient plus aucun effort. Ce jour-là, j'ai aussi compris qu'il y avait l'histoire officielle… et l'autre. Je me suis juré de la raconter à ceux qui croient détenir la vérité alors qu'ils ne font que l'écrire. Et de l'écrire un jour, à mon tour. Même si la vérité fait mal.

Les Tarterêts, Corbeil-Essonnes, 29 octobre 2005

Aujourd'hui, ma mère a soixante-dix ans. Ou peut-être hier, je ne sais pas. Quand elle est née à Chelhab, en Algérie, on ne tenait pas les registres d'état civil au jour le jour, et parfois pas du tout. Mon père, lui, est officiellement né le 1er janvier. C'était le jour de naissance qu'on attribuait aux gens qu'on ne s'était pas donné la peine de signaler à la mairie. Ma grand-mère racontait pourtant que lors de l'accouchement, il faisait une chaleur caniculaire qui ne collait pas avec la rigueur de l'hiver kabyle. Au moment de partir en France, mon père avait eu la possibilité de choisir la date qui figurerait sur son passeport, grâce à une magouille de mon oncle Yacine. Il avait décidé qu'une fléchette lancée sur un calendrier la désignerait pour lui. Maladroit, il lui avait fallu cinq tentatives pour finir par viser… le 1er janvier. Il s'était résigné à céder au destin.

Pendant que j'enfile ma chemise pour aller à la grande fête de famille, Kahina me fait réviser ma grammaire tamazight, la langue berbère. Je suis distrait par la radio. Après un point sur la météo exceptionnellement chaude pour un mois d'octobre, la journaliste annonce l'aggravation des émeutes à Clichy-sous-Bois. Il y a deux jours, Bouna Traoré et Zyed Benna, deux adolescents poursuivis par la police, sont morts électrocutés par un transformateur EDF. Hier, la cité du Chêne Pointu s'est embrasée. Le compte rendu détaille les violences de la nuit. Voyant que je suis ailleurs, Kahina éteint le poste. Je proteste :

— Tu as entendu ça ? Ils parlent des émeutes après la météo, comme si c'était si peu important.

— Ça y est, te voilà reparti…

— Non mais sérieusement. Et cette transition désastreuse : « En parlant de chaleur, les émeutes se poursuivent à Clichy-sous-Bois »… Tu ne trouves pas qu'ils nous prennent de haut ?

— « Nous » ? Tu habites à Clichy-sous-Bois ? Tu faisais partie des émeutiers hier ? Parce que si c'est ça, il faut tout m'avouer, ça risque de remettre en cause notre projet.

Notre projet, c'est le mariage. En fait, c'est celui de Kahina davantage que le mien, je me satisfais de notre concubinage, même si ce mot est laid. Pour elle, c'est la situation qui l'est. Elle a empiré depuis que j'ai quitté mon métier d'analyste financier il y a cinq ans pour devenir romancier. Elle se demande si mon entêtement à poursuivre cette lubie n'est pas une façon de repousser nos noces. Elle n'a peut-être pas tort. Comme lors de ma jeunesse, j'ai tendance à me lancer dans des bagarres contre des adversaires trop grands pour récolter des défaites honorables.

Malgré ses doutes, qui virent parfois au découragement, Kahina me soutient. Et me démontre combien elle est exceptionnelle. D'ailleurs, moi qui aime tant garder le contrôle de mes créations, je l'ai écoutée quand elle m'a suggéré d'appeler mon protagoniste Lounès, un prénom typiquement kabyle. À chaque lettre de refus d'un éditeur, elle s'offusque – « comment l'imbécile peut-il passer à côté d'un talent si évident ? » – puis me glisse qu'il serait peut-être temps d'être raisonnable et de retrouver un travail. Kahina reste Kahina, les pieds sur terre. Elle le prouve en me relançant sur nos noces :

— Comment tu feras ta déclaration à mes parents si tu ne m'écoutes pas ?

— Ils comprennent le français, non ?

— Tu sais très bien que…

— Oui, je sais, tu tiens à ce que je leur parle notre langue. Je plaisantais. Pourquoi tu ne viendrais pas avec moi aujourd'hui ?

— Parce que les choses ne se font pas dans cet ordre.

— Qui l'a décidé ?

Je remets sur la table l'éternelle question des traditions qui nous divisent. Je sais très bien que Kahina ne viendra pas avec moi et, d'ailleurs, ça m'arrange, je me demande si j'aimerais lui présenter toute ma famille d'un bloc. Dix personnes, c'est beaucoup. En plus, pas question de voler la vedette à ma mère. La femme aux bras de l'éternel célibataire attirerait l'attention. Cette vérité est aussi une excuse. Je suis par nature mal à l'aise avec les protocoles et de tous, le tralala nuptial est celui dont je me sens le plus éloigné. Les simagrées me paraissent vieux jeu, autant que lorsqu'elle me présente à ses amis comme son fiancé, mot tombé en désuétude aux environs du 7 mai 1972. Sa famille est très attachée aux « passages obligés ». Il faudra que je lui déclame mon amour devant une dizaine d'yeux étrangers, dont certains me seront hostiles. Son père, qui désire tant qu'elle se marie, est le premier à disqualifier tous ses prétendants, personne n'est assez bien pour la chair de sa chair. Que pensera-t-il d'un artiste, un vagabond qui imagine pouvoir écrire le monde plutôt que de l'affronter ? Ma déclaration d'amour publique sera en fait une déclaration d'intérêts convergents, visant à fonder une famille et bâtir un foyer. On ne parle pas de sentiments, chez nous, mais de maison, d'enfants qui auront une maison et des enfants. On parle aussi de sacrifice et de devoir. Devant son désir obsessionnel d'accéder à la propriété, je lui dis parfois en plaisantant qu'elle a un cœur de pierre. En plaisantant, mais à moitié seulement.

— Nehdeṛ fellas, ur d enttuɣal ara fellas[1].

Kahina bascule du français au tamazight. Pragmatique, elle me donne la leçon en m'engueulant. Cela renforce les dures sonorités de ma langue maternelle. Plus que froide, elle est polaire. J'en avais l'intuition en l'entendant de la bouche de mes parents. Depuis que je l'apprends, j'en suis convaincu. Je n'arrive pas à chercher assez loin dans ma gorge certaines consonnes, trop gutturales. Certains Imazighen, pluriel d'Amazigh, n'aiment pas qu'on les appelle Berbères car c'est une déformation du mot barbare. Je veux bien croire que c'est en entendant leur alphabet que les Romains les ont désignés ainsi. Autant j'arrive à la comprendre, autant la prononciation est ardue.

Sur le pas de la porte, tandis que je m'apprête à sortir, Kahina me lance que je suis beau. Si l'on nous considère de l'extérieur, c'est à se demander ce qui nous lie. Selon des critères objectifs, nous n'avons rien à faire ensemble. Je la trouve trop stricte, elle me voit trop laxiste. Elle considère le travail comme un devoir, j'essaie de m'en libérer. Il y a en moi cette part d'elle qu'elle a fuie quand, après le bac, elle a choisi de faire de la médecine plutôt que des études littéraires. Lire, écrire, ce

1. On en a déjà parlé, on ne reviendra pas dessus.

n'est pas un vrai métier, lui ont fait comprendre ses parents, qu'elle a écoutés, comme de bien entendu. À trente ans comme à dix-huit ans, elle reste fidèle à leur enseignement qui tient en une phrase : faire comme eux qui ont suivi les traces de leurs propres parents. C'est ainsi que naît une lignée, une tradition, une vie normale. La norme, c'est précisément ce à quoi j'ai voulu échapper quand j'ai quitté la finance pour me consacrer à l'écriture d'un roman. Faut-il que je sois paradoxal pour la convoquer dans ma vie personnelle, jusque sous mon toit ? Ou qu'une part de moi regrette ce conformisme confortable que j'ai laissé derrière moi ? Les intrigues de bureau, les rumeurs de la machine à café, les grâces et disgrâces des employés et des chefs, j'ai droit chaque jour à mon rapport sur la banque où Kahina officie au cœur de la bête, à la médecine du travail. L'hypertension de M. Quemeneur, chef de service, la santé de fer d'Alice Tardieu, cadre administratif, les aigreurs d'estomac d'Omar Lantri, gardien, le spleen de Jessica Caron, assistante de gestion, n'ont aucun secret pour moi. Tous les maux qu'elle soigne, ces dépressions qui ne cessent de se déclarer, ne remettront jamais en cause son modèle social. Malgré nos désaccords, nos disputes, je me passionne pour ces récits qu'elle rend vivants par son bagout, hérité d'un amour des lettres qu'elle n'a pas réussi à tuer. Tout devrait nous séparer mais quand Kahina prononce des phrases comme « tu es beau », mon cœur se retourne. Mes proclamations d'indépendance, ma remise en cause du conformisme, mes interrogations existentielles, tout vole en éclats. Je l'aime, éperdument, même si je n'arrive pas à l'exprimer. Déstabilisé, je me tourne vers elle pour tenter l'impossible :

— Tu es sûre que tu ne veux pas venir avec moi ?

— Tu sais bien que non.

— Et si je te présentais comme une amie ?

— J'entre par la grande porte dans ta famille ou je ne rentre pas du tout.

Kahina regarde son annulaire gauche pour me signifier qu'il n'y a pas de bague à son doigt.

— Azel naɛmulac ad iṛuḥ lḥal !

Cours, sinon il sera trop tard ! Kahina parle-t-elle de ma déclaration de mariage ou de la fête d'anniversaire ? Je l'ignore, l'amphibologie est sa figure de style préférée, et c'est d'ailleurs grâce à elle que je connais ce mot. Je ne sais pas non plus que cette langue, que j'ai tant de mal à apprendre, va faire basculer l'histoire qui va suivre. Celle de ma famille.

RER D

Le RER D est fidèle à sa réputation, son allure capricieuse m'a mis en retard. Mon Nokia 3310 n'arrête pas de vibrer pour me le signaler. Mon téléphone portable appartenait à mon frère Kader, qui l'a depuis lors troqué pour un BlackBerry dernier cri. Il me l'a offert en dépit de la fraîcheur de notre relation, pour que l'on puisse communiquer sur l'événement. Je proteste contre cette expression pompeuse qu'utilise la famille pour désigner l'anniversaire de notre mère. Les événements, c'était le nom donné à la guerre d'Algérie. Mais Kader n'en fait qu'à sa tête. Le lien involontaire qu'il établit entre ce passé douloureux et les jours tranquilles du présent me semble déplacé. J'ai tort de le croire.

L'événement a ceci de particulier que ce n'est pas seulement le 70e anniversaire de notre mère. Vu sa faiblesse, ce pourrait être le dernier. Ses séjours de plus en plus fréquents à l'hôpital nous le rappellent cruellement. Quand nous arrivons tous dans sa chambre, au mépris de la limitation du nombre des visiteurs, elle proteste que nous perdons notre temps et nous demande de tenir compagnie à d'autres patients. Elle se désole de voir tous ces Français délaissés, et nous a plusieurs fois fait jurer de ne jamais nous abandonner les uns les autres. En suivant ses recommandations, je me suis retrouvé à écouter une certaine Raymonde me parler de sa solitude tout un après-midi. Quelques semaines après, j'apprenais sa mort lors de la canicule de l'été 2003.

Aujourd'hui, ma mère donnera le change devant la famille, mais demain, elle sera épuisée. Une sieste manquée, et ce sont des jours entiers à récupérer. Heureusement que Dihya s'occupe d'elle. Je n'ai pas rapporté à notre sœur aînée que, lors de ma dernière visite, notre mère m'a demandé – non, supplié – de ne pas appeler les secours au cas où je serais avec elle lors de sa prochaine crise cardiaque. Elle souhaite partir. Elle nous a fait savoir qu'elle avait eu tout ce qu'elle voulait, c'est-à-dire nous, et que ça lui suffisait. Puis elle a ajouté, en me lançant un regard en coin : « presque tout ce que je voulais », allusion à ma situation matrimoniale et à l'arbre généalogique que je renâcle à faire bourgeonner. Phobique de l'engagement, je me suis probablement décidé à me marier avec Kahina pour que ma mère parte en paix avec elle-même.

J'ai peur qu'elle ne soit plus là pour voir cet autre événement. J'aime Kahina, bien sûr. Je veux un enfant d'elle pour cette raison avant tout. Je veux aussi donner la vie pour conjurer la mort. Dire à ma mère qu'elle a bien fait le travail avec nous. Que l'on restera solidaires. Qu'on ne laissera personne seul, ni Dihya, ni qui que ce soit d'autre. Lui demander de rester un peu. Mais je ne veux pas qu'elle souffre trop, alors je me résigne à la voir partir un jour. Je ne sais pas ce que je ferai si je suis seul avec elle lors de sa prochaine crise. Il me semble impensable de la laisser mourir devant moi. Mais si elle me regarde avec son air implorant, comment réagir ?

On fait un dernier point : vous êtes où ?

Le SMS de Kader me tire de ma rêverie glauque. Avant la mort, il y a la vie, coûte que coûte, et nous sommes ensemble pour la célébrer. Cette journée arrive au terme d'une préparation d'un an. Kader a mis le paquet, privatisant une péniche pour l'après-midi avec un buffet royal. Le célèbre traiteur Franchon a mis à disposition un serveur et son meilleur cuisinier venu d'Inde. Tous les frais sont à la charge de mon grand frère et heureusement, car s'il avait fallu cotiser à parts égales, j'aurais dû vendre un rein ou avouer que j'étais fauché. Je ne suis pas sûr que j'aurais choisi la seconde option. Depuis que j'ai décidé d'écrire, j'ai pris l'ascenseur social à l'envers. Les autres Asraoui se sont élevés conformément au rêve des parents, certains jusqu'au toit de l'immeuble. Je suis le seul de la famille à prendre le RER et à vivre encore dans un quartier populaire de banlieue. Ce n'est ni par plaisir ni pour rester au contact du peuple.

Tôt, un samedi, la rame est déjà remplie de voyageurs et des odeurs de transpiration qui vont avec. Quand l'été est moite, les transports dégoulinent. Si je devais vivre dans un film, ce serait dans *Star Trek*, pour goûter aux joies de la téléportation... Aussitôt ai-je formé intérieurement ce vœu, qu'un brusque coup de frein immobilise le train. Une annonce nous signale ce que l'on sait déjà, que nous sommes au milieu de la voie, sans se donner la peine de préciser pourquoi. Les nez se décollent du paysage, des journaux, des magazines et des quelques téléphones portables. On voit dans le regard de l'autre sa propre impuissance. C'est ça la vie en banlieue, parfois on s'arrête sans savoir pourquoi.

Une association d'idées incongrue se met en place : ma situation m'évoque le départ d'Algérie de mes parents, et le temps suspendu qui l'a précédé. Le désagrément du moment n'est pourtant rien en comparaison de l'exil. Déjà, le train repart doucement. La tension tombe. Les voyageurs vaquent de nouveau à leurs occupations. Le crissement de la bande de roulement sur les rails couvre le murmure de soulagement des usagers. Moi, je suis ailleurs. J'entends siffler la cheminée du *Sidi Mabrouk*, il y a quarante-trois ans, jour pour jour.

Alger, 29 octobre 1962

La guerre est finie, Français et Algériens sont dans le même bateau. Pendant les combats, le *Sidi Mabrouk* a transporté des militaires. Aujourd'hui, il convoie des exilés. Dans le paquebot, rapatriés et migrants forment deux groupes distincts, comme pendant cent trente-deux ans de colonisation. Chacun de son côté, même dans la misère. Les survivances du Code de l'indigénat, aboli en 1946, n'en finissent pas de séparer les populations.

Parmi les passagers, Fatima et Mohand fendent la foule à coups de coudes et d'épaules. Fatima s'inquiète : se dirigent-ils vers le bon navire ? Elle a posé au moins dix fois la question à son mari. Mohand a déjà fait l'aller-retour vers la France, il connaît le chemin. La coque noire est reconnaissable entre toutes. Il fait semblant de déchiffrer SI-DI MA-BR-OUK. Il ne se souvient plus très bien de l'alphabet, il a arrêté l'école en primaire.

Fatima n'y est jamais allée, elle ne sait pas lire. Mohand a l'habitude de raconter des histoires à Fatima pour la rassurer, et tant pis s'il prend quelques libertés avec la vérité.

La question de Fatima dissimule une crainte. Elle n'est pas sûre que le couple prend la bonne décision en quittant son pays natal. Mohand comprend ses doutes. Il a traversé les mêmes lors de son premier départ en 1954. C'était il y a huit ans, dès le début de la guerre. Huit ans, une éternité à économiser sur ses salaires de journalier pour rapatrier sa femme auprès de lui. En 1960, il a cru que c'était la fin. Le nouveau franc décidé par le général de Gaulle allait diviser sa bourse par cent. Il était à deux doigts de noyer son chagrin dans son premier verre d'alcool quand les camarades de bistrot lui avaient expliqué que les prix seraient eux aussi divisés par cent. Il s'était jeté un café pour fêter la bonne nouvelle en demandant pardon à Dieu du péché qu'il avait failli commettre.

À l'époque, les bistrots étaient aussi des agences informelles pour l'emploi. Les patrons procédaient aux recrutements en terrasse. Ils serraient les mains des jeunes gens, non pour les saluer mais pour évaluer leur poigne. Mohand était petit à cause d'une de ces maladies infantiles sans nom que l'on « soigne » grâce aux remèdes de grand-mère. Les hôpitaux étaient comme les écoles, théoriquement ouverts à tous mais en grande majorité fréquentés par les Français. Mohand feignait une bonne santé en broyant les doigts de ses interlocuteurs. Tous les artifices étaient bons pour trouver un travail, quel qu'il soit. Il avait multiplié les boulots sur les chantiers, les routes, dans les usines, les champs… Et n'avait refusé qu'une proposition dans une unité de fabrication d'armes. Impossible de concevoir un de ces objets de mort qui pourraient s'abattre par sa faute sur sa femme, sa famille, ou n'importe quel frère et sœur algérien.

L'adolescent à peine fini que Fatima avait dû quitter juste après son mariage a changé. Il est devenu un homme aux mains calleuses et au regard grave. Il sourit quand Fatima lui affirme qu'avec son air sombre, il ressemble à Alain Delon. Elle retrouve dans cet abandon éphémère la part d'insouciance que la guerre leur a volée. Mohand lui répond qu'avec le fichu qu'elle porte sur la tête, Fatima est le portrait craché de Brigitte Bardot. Mohand lui jure qu'un jour, il lui offrira le même bandeau qu'elle. Les deux époux se mentent l'un à l'autre comme le font les amoureux, aucun d'eux ne ressemble à une star de cinéma. Ils sont beaux à leur façon, leurs sentiments les tiennent à part du grouillement des errants. Ils cultivent leur différence. Elle tient dans leurs rêves. Leurs grands rêves.

Mohand fait rempart de son corps pour éviter à Fatima le contact désagréable avec le magma humain. Alger connaît l'euphorie des premiers mois de l'indépendance. La joyeuse adolescente goûte enfin à la liberté. Mohand se retient d'allumer une cigarette. Il n'a pas avoué à Fatima qu'il a pris cette mauvaise habitude sur les chantiers en France. Il s'en grille une petite de temps en temps pour oublier son mal de dos, ses bras fatigués, le froid, l'ennui et parce que tout le monde s'en grille une petite de temps en temps pour oublier son mal de dos, ses bras fatigués, le froid et l'ennui. Ces pauses permettent aussi aux ouvriers de rogner quelques secondes sur leur temps de travail à rallonge. Les pointeuses ne fonctionnent que quand ça arrange les patrons. « Tout répit, aussi bref soit-il, à l'exploitation de la force de travail est une victoire du prolétaire sur sa condition », clame Gérard, qui apprend le vocabulaire révolutionnaire à Mohand. Il explique à ses camarades immigrés que le capitalisme est une aliénation. Le bateleur emploie des formules que personne ne comprend. Au bled, on s'appelait des frères, à l'usine, on dit « camarades ». Les camarades sont des frères qui utilisent des mots compliqués. Mohand n'ose pas avouer à Gérard qu'il n'arrive pas à détester complètement le capitalisme, qui lui permet d'épargner de l'argent pour faire venir sa femme en France et de s'en griller une de temps en temps pour oublier l'aliénation du capitalisme.

Mohand n'a pas non plus prévenu sa femme qu'ils vivraient dans un petit studio sans eau ni électricité, que toutes les Parisiennes ne s'habillent pas à la dernière mode, que les rues pavées le sont de moins en moins, que les tarifs des cafés chics sont hors de sa portée, que les gens ne se saluent pas comme au pays, que parfois les Français lui lancent des regards noirs, et même des insultes. Dans un premier temps, il n'avait pas compris ceux qui le traitaient de bicot. Sa connaissance approximative de la langue française l'avait protégé. Quand il avait demandé à ses copains de l'usine ce que ça signifiait, ils lui avaient menti.

— « Bicot » ça veut dire « beaucoup » en patois du Nord. Tu sais, ils sont bizarres ces gens-là, avec leur accent ch'ti.

Un mensonge pour que Mohand tienne le coup. Le jeune un peu lunaire se renfermait. Il ne racontait plus ses drôles d'histoires dans le foyer SONACOTRAL [1] où il partageait une chambre avec trois camarades. On s'inquiétait pour lui. Mohand sentait bien qu'en dehors de ce bouge à l'hygiène douteuse, dans la vraie vie, sa présence

1. Société nationale de construction de logements pour les travailleurs algériens qui deviendra ensuite la SONACOTRA.

était diversement appréciée : tolérée par les patrons en quête de main-d'œuvre, rejetée par beaucoup de Français traumatisés par la défaite en Algérie et probablement d'autres rancœurs plus profondes contre lesquelles il ne pouvait pas lutter. Mohand devinait l'hostilité de ceux qui lui crachaient à la figure « merci bicot ». Il avait choisi de croire la version imaginaire des copains, jusqu'à ce qu'il lance un « merci bicot » à Gérard. Le camarade avait manqué s'étrangler.

— Le colonisé a intégré le langage ordurier des salauds de colons !

Gérard s'était lancé dans une diatribe enflammée sur la colonisation et le capitalisme. Il vouait les deux aux mêmes gémonies. Après une leçon de communisme pour les nuls d'une bonne dizaine de minutes, Gérard avait enfin repris sa respiration. Mohand avait profité de ce répit pour lui demander la raison de sa colère. Gérard, rouge comme les jours de cuite, lui avait expliqué que « bicot » n'était pas une déformation de « beaucoup », mais une insulte très grave. Il avait harcelé Mohand afin qu'il lui révèle le nom des salopards qui s'en prenaient à lui. Il allait leur casser la gueule, « tu vas voir ! » Mohand était resté silencieux. Il y en avait tellement, la plupart des inconnus qu'il ne reverrait jamais. Gérard pouvait se permettre d'avoir une grande gueule, il était dans son pays. Mohand, de passage, fuyait les problèmes. Son but était de ramener Fatima auprès de lui.

Mohand n'en avait pas voulu à ses camarades d'avoir édulcoré la vérité. Ils avaient souhaité le protéger comme lui-même le ferait avec sa femme quand elle serait en France. Il serait prêt à semer des roses dans la boue pour déguiser le marécage en jardin d'Éden. C'était le stratagème dont usait Mezes, le berger des montagnes de Kabylie, pour qu'Ayachi, son fidèle mais pusillanime mouton, accepte de franchir le pont de Sidi Rached à Constantine. Mezes et Ayachi étaient les personnages principaux des contes qu'inventait Mohand. Ils sillonnaient l'Algérie, dans des coins inconnus tout droit sortis de l'imagination foisonnante de Mohand. Dans sa bouche, le grand viaduc bétonné devenait un interminable pont de corde. Les aventuriers tanguaient à chacun de leurs pas, au péril de leur vie. La ville était tantôt bleue, tantôt rouge ou verte. Quand la prosaïque Fatima lui faisait remarquer quelques incohérences, Mohand, les sourcils froncés, s'offusquait : oui, Mezes et Ayachi marchaient sur des terres arc-en-ciel, des villes caméléons, des paysages protéiformes, et alors ? Peu importait si, au fil du récit, Mezes perdait sa moustache, si Ayachi n'était plus si dodu, si Constantine se transformait en Oran puis en Ghardaïa et Tlemcen. La fonction de ces récits était justement d'échapper aux lois des hommes.

Ils s'affranchissaient aussi des règles de la narration. Mohand pouvait passer des dizaines de minutes à décrire une fleur, la couleur d'un ciel, la texture d'un tissu et escamoter la fin de l'histoire. L'histoire, c'était les détails, sa voix, et cet ailleurs où s'oublier.

Les paysages que le couple traverse jusqu'à Alger ne sont pas aussi féeriques que dans les contes. Le jaune domine dans une nature habillée aux couleurs de l'automne. Sur le bateau, pour la première fois, Mohand a l'impression de voir un panorama à la hauteur de ses rêves. Avant de se jeter à fond de cale, en quatrième classe, il respire un bol d'air frais en défiant les horizons. Devant, la Méditerranée rejoint le ciel. Derrière, les collines de la Mitidja font ployer les maisons. Ils vont partir. Définitivement. Il faut se faire à cette idée triste et exaltante. Se rappeler pourquoi ils émigrent : Mohand veut le meilleur pour sa femme, c'est pour ça qu'il a décidé de quitter les siens et tout ce qu'il possède pour se frotter à l'inconnu. Tout ce qu'il possède, ce n'est pas grand-chose. Des terres arides et la compagnie des moutons. Il a depuis longtemps réalisé que son avenir n'est pas en Algérie. Le bon air de la montagne kabyle ne suffira pas à nourrir son rêve : Mohand souhaite élever une grande famille.

Quai de Bercy

Mon père m'a détaillé son départ d'Algérie. Ma mère se confie plus volontiers à Dihya. Mes parents évoquaient rarement le passé, sauf quelques anecdotes insignifiantes. Ils adoraient se moquer l'un de l'autre : le visage de ma mère quand elle avait découvert pour la première fois la neige, mon père trébuchant quand il avait voulu faire le malin dans le tramway... Quelque chose les empêchait d'évoquer les choses sérieuses du passé. L'âge les a conduits à être plus volubiles. J'ai recollé peu à peu les pièces du puzzle. Ma mémoire est bonne, pas infaillible, il est possible que j'aie changé quelques détails. Certains disent que j'ai l'imagination de mon père.

J'ai failli rater la correspondance à la gare de Lyon. Ce lieu a toujours cet effet sur moi : j'aime passer devant la Tour de l'Horloge pour regarder ses aiguilles bouger. Paradoxalement, je ne vois pas le temps passer, je suis hypnotisé par le mouvement. Je me retourne et regarde les bancs aux alentours, à la recherche d'un vieux fantôme qui flotterait quelque part. Le bourdonnement de mon téléphone me tire de ma rêverie. Sofiane me bombarde de « t ou ? ? ? ? » Il adopte le langage SMS de ses enfants, à moins que Myriam ou Adam ne textote à sa place.

Ma mère ne sait rien de la fête qu'on lui prépare. Elle ignore même que c'est son anniversaire. Elle a perdu le décompte des jours, avec l'âge. À soixante-dix ans, on n'est pourtant pas si vieux. Sauf quand on a connu la guerre, dix accouchements, les bidonvilles puis les banlieues. Elle porte autant le poids de l'âge que des vicissitudes. Les neveux et nièces jouent avec ses pertes de mémoire, l'un se faisant passer pour l'autre et vice versa. Malgré les remontrances, Myriam continue de faire croire qu'elle est Julie, Ali Enzo, Hicham Kamel, Sandra Cécile… Ils se racontent leurs plaisanteries sur un tout nouveau réseau social, MySpace. Quand les parents des garnements ont mis la main dessus, ils leur ont confisqué leur iMac G5 à écran plat, une rareté hors de prix à laquelle ils tiennent comme à la prunelle de leurs yeux. « Pour dix fois moins que ça, on avait droit à une claque ! » Sofiane a eu beau sermonner Myriam et Adam, ses deux enfants, il leur a rendu leurs appareils au bout de quelques jours, tout en se plaignant du déclin de l'autorité parentale.

Le quai de Bercy est baigné du soleil du matin. Je n'ai aucun mal à repérer la bonne péniche parmi les embarcations. Une cinquantaine de personnes aussi bruyantes, ça se remarque. Ce sont principalement des voix aiguës qui percent le silence. Les enfants qui se chamaillent. Dès qu'ils me voient, la nuée se dirige vers moi : Le petit Malik ! Le petit Malik ! Ils reprennent mon surnom. Je suis le petit Malik, même pour ceux que je toise d'une demi-tête. Le débordement d'enthousiasme des enfants est à deux doigts de me déséquilibrer. Si près de l'eau, il eût été fâcheux que je *tombasse*. J'aime les embêter avec des subjonctifs imparfaits et les tables de multiplication. Kahina a peur que nos futurs enfants deviennent des dictionnaires sur pattes. Je souris en pensant à elle, sans voir venir le crochet à l'estomac de Sofiane, mon frère aîné. C'est sa manière virile de me dire bonjour. Je reprends mon souffle, il n'y est pas allé de main morte. Il se moque de moi.

— Alors, ils sont où tes abdos ?

— Je ne sais pas mais tu vas voir où sont mes poings.

Une fausse bagarre commence. Les enfants sont tout excités. Ils nous voient encore comme des modèles, pour eux c'est comme si Batman et

Superman se défiaient. Sofiane fait à peu près deux fois mon poids dont la plupart en graisse, au niveau du ventre. Je lui tourne autour pour l'essouffler un peu, tout en lui assénant des jabs inoffensifs. On n'est pas là pour se blesser, on a juste du mal à se serrer dans les bras, dans la famille. Pendant ma giration, je manque de basculer sur la bitte d'amarrage. Le batelier qui va nous conduire pendant notre voyage sur la Seine s'écrie « attention à la bitte ! » Les enfants se marrent et reprennent en chœur la mise en garde. Nous avons perdu leur attention. Les frères et sœurs sortent de l'embarcation les uns après les autres. Je n'en ai pas vu certains depuis qu'ils se sont installés en province, il y a deux ou trois ans. De l'extérieur, on pourrait croire que nous sommes étrangers. Pas de bises, pas d'accolades, juste des saluts de la tête. On s'aime, sans gestes ni mots d'affection.

Avec Kader, le salut est glacial. On se grogne un discret « bonjour », comme deux gamins qu'un prof aurait poussés à faire la paix. Nous sommes en froid, lui, le businessman qui a tout réussi et moi, l'homme sans statut, sur la pente douce de la désocialisation. Personne ne sait que j'essaie de publier un roman, sinon je descendrais encore d'un cran dans leur estime. Un chômeur cherche au moins un emploi. Un écrivain croit qu'il en a un. Et s'il n'est pas publié, il vit dans le monde de Peter Pan. Kader et moi ne parlons pas le même langage.

La glace est rompue par Myriam, la fille aînée de Sofiane.

À Kader :

— Tonton, elle a quel âge, mamie, déjà ?

— Vingt-sept ans.

À moi :

— Mais pour de vrai, tonton ?

— Vingt-sept ans, comme ton oncle a dit.

À elle-même :

— Non mais sérieux ils sont lourds, ils disent tous les ans qu'elle a vingt-sept ans !

L'adolescente part en boudant. Elle ne comprend pas nos cachotteries. Quand je la vois avec sa mamie, j'ai l'impression de plonger dans une faille spatio-temporelle. À quatorze ans, Myriam ne jure que par le smoky-eyes mauve, le blush et la bouche glossy. Elle veut ressembler à Rihanna, qui vient de sortir son premier album. Chaque matin, elle récite ses trois commandements pour poser du vernis : 1. base 2. deux couches de vernis 3. top coat. À côté d'elle, ma mère est restée figée dans les années 60. Quand on pense que le même sang coule dans leurs veines, on se persuade que la conscience dépend de l'existence. Gérard adorait cette citation de Marx. Son autre phrase fétiche, c'était « on les aura un jour, les patrons ». Vers la fin, il ajoutait « hein ? » parce qu'il n'en était plus vraiment sûr.

Le batelier vient vers nous. La jauge risque d'être dépassée. Si cela arrivait, l'embarcation ne pourrait pas parcourir le tour prévu sur la Seine. Kader le foudroie du regard. Il va bien entendu s'énerver, il ne supporte aucune remise en cause de son autorité. Mais Myriam pousse un cri strident : mamie arrive ! Un murmure d'excitation traverse la péniche. Un gros rideau rouge sépare la grande salle en deux. On se masse tous derrière. On s'échange des coups d'épaule et des regards complices. Naturellement, les « petits » se sont regroupés avec les « petits », les « grands » avec les « grands ». Moi, le petit Malik, je flotte entre les deux groupes.

Le temps s'écoule très lentement, au rythme des pas de ma mère. Le silence est relatif mais sa mauvaise ouïe la rend sourde à nos piaffements, nos gloussements de gamins fiers de leur mauvais coup à venir. Un bruit de pas en trois temps, incertain, se fait entendre sur le ponton en bois. Toc-toc-toc et puis toc-toc-toc. Entre chaque cognement contre le sol, ma mère reprend son souffle et attise notre impatience. Le rideau s'ouvre, elle flageole à petits pas, aidée d'une béquille. Derrière elle, Dihya est sur ses gardes. Malgré sa peau ridée et décharnée, ses mouvements incertains, ma mère semble flotter. Paradoxalement, son charisme tient à sa lenteur, ses hésitations, ses retraits. Ce film au ralenti impose son rythme. Tout à son effort, elle n'a pas l'air de nous avoir remarqués. Elle est présente et étrangère à la scène. Nous craignons tous le choc qu'elle va subir. Il a fallu si souvent lui rendre visite à l'hôpital, après sa maladie du cœur. Elle se traîne comme pour faire durer le plaisir, puis s'immobilise. Devant elle, toute sa vie : ses enfants, ses petits-enfants, ses gendres, ses belles-filles… Elle n'a pas l'air de réaliser ce qui lui arrive. Un nouveau silence, beau et émouvant s'installe, que personne n'ose briser. Jusqu'à ce que Kader se distingue, bien sûr, en hurlant un « joyeux anniversaire » à réveiller les morts. L'index devant la bouche, Dihya lui intime de réduire les décibels. Trop tard, chacun s'engouffre dans la brèche et nous jouons des coudes pour embrasser la matriarche. Elle nous regarde, un peu perdue, puis elle sourit. Elle flatte sa bague, un réflexe qui raconte plus que mille mots sa joie, dont l'onde se diffuse dans la salle.

Alger, 29 octobre 1962

La foule terrorise Fatima. Elle se rassure dès qu'elle se tourne vers son mari. Le jeune gaillard râblé la protégera toujours. Mohand encaisse à sa place les coups des passagers en train d'embarquer. Il prend très au sérieux son rôle d'homme. Fatima le laisse faire, bien qu'elle ait appris à se défendre seule pendant les huit années de guerre.

Fatima aimerait que Mohand sorte une cigarette, comme cet homme qu'elle a vu en couverture d'un magazine dans un kiosque à Sétif. Si elle savait lire, elle saurait qu'il s'appelle Lino Ventura. Il a un autre genre de charisme que le bel Alain Delon, aussi célèbre en Algérie que la tour Eiffel et Brigitte Bardot. Elle ignore encore que Mohand s'est mis à fumer. Son visage est devenu plus sévère. Elle semble loin, l'insouciance qui l'avait séduite. Autrefois, Mohand affirmait qu'il publierait des contes. Mezes et Ayachi dans un livre, ce serait drôle, non ? C'était évidemment insensé, il savait à peine écrire. Fatima voyait bien que Mohand trichait quand il prétendait lire un document ou quand, tout à l'heure, il avait épelé le nom du *Sidi Mabrouk*. Mohand exagérait toujours un chouïa. Il assurait qu'en France, tout serait possible, qu'il apprendrait plein de nouvelles choses. Il était l'intrépide Mezes, en quête de nouvelles perspectives, essayant de dompter l'Ayachi en lui. Fatima faisait semblant d'y croire. Elle jouait son rôle de femme.

Bien plus que pour Mohand, c'est un saut vertigineux vers l'inconnu pour Fatima. La jeune femme quitte son village, sa famille, son pays dans le même élan. Pendant la guerre, il fallait des laissez-passer pour les longs déplacements et, dans le village, les allées et venues des soldats incitaient peu aux promenades bucoliques. Fatima vivait recluse dans la maison de ses parents avec ses quatre sœurs, pendant que les militaires empruntaient librement les sentiers vallonnés qu'elle aimait parcourir, jadis, au milieu des oliviers. Elle avait entendu dire que leurs rameaux étaient symboles de paix. Les crampons des Rangers en écrasaient sans ménagement les branches sur leur passage. Ne bourgeonnaient sous les pas des soldats que les mauvaises herbes du ressentiment.

Fatima découvre Alger, traversée au pas de charge. Elle aurait aimé s'arrêter à la Casbah, où les moudjahidin algérois ont payé le plus lourd tribut. Du port, les maisons de guingois s'affaissent vers la rue pour adresser une prière aux morts. Fatima se joint à leur révérence pour rendre un hommage silencieux aux fantômes d'Alger la Blanche. Elle saute les yeux fermés vers ce nouveau monde parce qu'elle a une confiance aveugle en son mari. Et parce que dans son village de Kabylie, les mentalités et l'espace sont trop étriqués pour contenir tous ses désirs. Ici ou là, un regard était toujours susceptible de surprendre des gestes banals, de mal interpréter certaines attitudes, aussitôt frappés du sceau de la suspicion par un de ces archaïsmes persistants dans les montagnes. Les gens y sont des petits soldats armés de la rumeur. « Hchouma » est le mot arabe pour qualifier la honte qui poursuit indistinctement coupables et innocents.

L'hchouma s'était abattue sur Fatima quand elle avait refusé un mariage arrangé avec Mohand, un cousin. La fille de paysans défiait les codes ancestraux. Tout ça pour un autre Mohand, le voisin. Le petit Asraoui, comme on l'appelait pour éviter la confusion avec les dizaines d'autres Mohand, étirait les frontières du village jusqu'à ses mondes imaginaires. Si ça continuait comme ça, il allait mal finir, artiste ou à l'asile. Un artiste était de toute façon un fou échappé de l'asile. L'originalité de Mohand était l'envers de ce bout de terre où la moitié des mâles, y compris lui-même, portaient le même prénom. Un homme parle peu, et de sujets sérieux. Il ne se donne pas en spectacle devant les « gens » – ce mot insupportable pour Fatima, car les gens sont les yeux de l'hchouma. Le petit Asraoui s'était battu pour elle et il avait forcé le respect, avec la ténacité qui lui permettrait plus tard de surmonter les rudesses des chantiers. De cette lutte victorieuse contre la fatalité, lui étaient restés la cicatrice de la bataille inutile et un penchant pour les doux dingues comme Gérard, qui pensait changer l'ordre des choses avec des mots compliqués.

Fatima avait rêvé de Paris, mais pas si vite, pas dans ces circonstances. Elle souhaitait un départ, pas un exil. Si son destin lui avait en partie échappé, la capitale était son choix. Mohand aurait préféré un village ou une petite ville, qui lui aurait rappelé d'où il venait. À l'origine de ce désir, une carte postale. Fatima l'avait trouvée dans une clairière, lors d'un petit jeu avec Mohand, une habitude lorsqu'ils se retrouvaient seuls. Fatima illustrait les récits de son mari en traçant des dessins au sol avec un rameau d'olivier. En grattant la terre, elle avait effleuré la carte postale à demi recouverte par une motte. Au verso du papier terreux et chiffonné, des gribouillis ; au recto, des photos. Quand Fatima avait demandé à la volée ce qu'elles représentaient, personne au village n'avait été capable de lui répondre. L'Algérie avait beau être française, la Kabylie était loin de la France. La métropole et ses départements algériens ne se regardaient pas. Il avait fallu que la mystérieuse carte échoue dans les mains de l'ancien instituteur du village, pour que Fatima apprenne qu'il s'agissait de Paris. Le bon vieux M. Aït Mouloud n'officiait plus depuis la fermeture de l'école au début de la guerre. Ça n'avait rien changé pour Fatima, qui n'avait jamais fréquenté ses bancs devenus objets de fantasme. Femme, elle n'avait pas pu en forcer les portes. Une injustice, qui avait déterminé son envie d'ailleurs.

Le Paris de la carte postale était rempli de clichés. Les cafés bohèmes de Saint-Germain côtoyaient la tour Eiffel, majestueuse au centre. Des étoiles kitsch égayaient la composition. Fatima s'était téléportée en pensée dans cet endroit magique où des étoiles comme il n'en existe pas dans le ciel apparaissaient comme par enchantement. Où les gens, insouciants, souriaient sans peur. Où les nuits se vivaient dehors, et non tapi dans une bâtisse brinquebalante soumise au couvre-feu. Fatima s'imaginait en terrasse d'un café, puis déambuler nonchalamment le long des rues pavées jusqu'à la grande tour en fer.

M. Aït Mouloud avait lu à Fatima les mots inscrits au dos des images. Il s'agissait de la lettre d'un soldat à sa famille. Il la rassurait, les « événements » allaient bientôt se terminer. Il promettait de monter tout en haut de la tour Eiffel avec sa mère à son retour. Fatima découvrait une face cachée de l'ennemi. Pour elle, les Français n'existaient pas. Avant, ils étaient des ombres, avec la guerre, ils étaient devenus des soldats à l'index crispé sur leur gâchette. Ils vivaient loin, à part, et quand ils apparaissaient, ce n'était jamais bon signe. Elle se souvient des soldats venus leur annoncer la « disparition » du cousin Ahmed et de tant d'autres. Et du regard animal de celui qui avait fait basculer sa vie. À force de les associer aux tragédies, Fatima avait fini par assimiler les Français à une menace que l'on sent dans son dos. Grâce à cette carte postale, ils avaient soudain acquis une réalité tangible, sensible.

M. Aït Mouloud avait suggéré à Fatima de rendre la carte à la caserne. Lui ne pouvait pas, il était mal vu de ces gens-là. Mais Amar Agradj, le père de Fatima, le lui avait interdit. On n'approche pas les militaires. Le lendemain, on avait retrouvé le corps de l'ancien maître d'école. Mort. On avait prétendu que cet homme inoffensif était un moudjahid. Pour Fatima, il était impensable qu'un lettré puisse tenir une arme. Amar, qui avait combattu pendant la Seconde Guerre mondiale au premier bataillon de Légion étrangère de la première Brigade française libre, lui avait expliqué que ceux qui tiennent les stylos sont ceux qui envoient les soldats au front. Puisque Fatima n'y était pas allée, il avait dû se salir les mains lui-même.

L'adolescente avait gardé « sa » tour Eiffel et l'avait cachée sous sa couche. Difficile d'avoir une intimité dans les maisonnées sans cloison. La jeune femme ne voulait pas partager son Paris, pas même avec ses sœurs avec qui elle s'entassait sur de la paille éparpillée au sol. Fatima voulait conserver sa part de rêve. Quand Mohand était parti pour la France, elle se réfugiait souvent dans la clairière où elle l'avait découverte, là où son mari avait donné des lumières à sa vie. Elle fuyait les quolibets de ceux – de celles surtout – qui prétendaient que Mohand ne reviendrait jamais. On citait Tayeb, Yacine, Slimane... dont on avait fini par apprendre qu'ils s'étaient retrouvés dans les bras de Françaises. Le vétiver dont elles se parfumaient montait à la tête des hommes. Quand Fatima avait reçu la première lettre de Mohand, elle n'avait pas pu s'empêcher de la sentir. Elle était remplie de mots qu'elle ne pouvait pas lire, écrits par un homme qui ne pouvait pas les écrire. Des intermédiaires jouaient les scribes et les lecteurs d'une prose qui se limitait à des échanges de politesse, entre des « j'espère que cette lettre t'arrivera en bonne santé » et des « ça va hamdoullah ». Fatima, qui s'attendait à être transportée, fut déçue et renifla à nouveau l'enveloppe. Elle était aussi inodore qu'insipide. Pourquoi la lettre tenait-elle à peine en une seule page, alors que Mohand pouvait déverser des flots de paroles ?

Un jour, la jalousie eut raison de Fatima. Recluse chez ses parents, elle se désintéressa de tout. Même isolée entre quatre murs, elle entendait ceux qui prédisaient qu'à force d'attendre, elle dépérirait avant d'être vieille. Nombreuses étaient celles qui, faute d'avoir pu prendre le bateau avec leur mari, s'étaient exilées de l'intérieur. L'intensification des combats liée au plan Challe visant à pacifier l'Algérie pouvait aussi bien justifier son mutisme. Le colonel Abderrahmane Mira, chef de la Wilaya III, région où elle vivait avec sa famille, venait d'être tué dans une embuscade. Face au silence de Fatima, chacun en était réduit aux conjectures.

Le premier geste de Fatima pour son mari, revenu comme promis la chercher aux derniers jours de la guerre, fut de sentir ses vêtements. Ensuite, seulement, elle le serra dans ses bras. Elle avait l'impression de tenir un inconnu tant il s'était étoffé. Il avait les joues râpeuses et le sourire timide. Des questions la tourmentaient, dont la première était la plus futile : la trouvait-il belle après toutes ces années ? Fatima se savait changée. Elle avait le regard de ceux qui en ont trop vu. Elle refusait de parler de certaines choses. Mohand n'insistait pas par pudeur – et de honte, aussi. Pas un jour n'était passé sans qu'il se demande si partir était le bon choix. Fallait-il se battre ici ou construire là-bas ? Être auprès de sa femme pendant les jours difficiles ou préparer les lendemains meilleurs ? Fatima avait refusé de l'accompagner jusqu'au village de Chelhab pour un dernier adieu à sa terre. Même l'histoire de Mezes qu'il lui avait promise ne la fit pas changer d'avis. Ils étaient adultes désormais, il fallait voir le monde tel qu'il était, et tel qu'il serait. Plus jamais elle ne croirait aux contes.

Le *Sidi Mabrouk* largue les amarres. Sa grande cheminée crache une fumée épaisse vers le ciel. Ce sont des nuages noirâtres que l'on pourrait lécher du haut de la tour Eiffel. Mohand pointe la colonne du doigt mais Fatima ne la regarde pas. Le remous des vagues soulève son cœur. Le mal de mer, peut-être, ou le mal du pays, déjà. Les yeux fermés, elle serre dans sa main droite sa carte postale. La grosse patte rugueuse de son mari recouvre sa paume. Le contact est chaud et froid, agréable et douloureux. Elle se dégage lentement de cette poigne maladroite. Une drôle de démangeaison picote ses doigts. Un regard vers le bas. Son annulaire est cerné d'une bague.

— Joyeux anniversaire, Madame Asraoui.

Fatima a perdu le décompte des jours. Elle ignorait que c'était le 29 octobre. Mohand n'avait pas pu lui offrir d'alliance le jour de leur mariage. Il n'en avait eu ni le temps ni les moyens. Fatima retient ses larmes et ses élans. Si ce n'était la promiscuité, elle se blottirait dans les bras de Mohand. S'abandonnerait vraiment, pour la première fois depuis leurs retrouvailles.

Le doigt de Fatima est rouge. La bague est un peu trop serrée. Le mari anxieux perçoit la gêne de sa femme. Le bijoutier lui a juré qu'il pourrait changer la taille si ça n'allait pas. Il veut retirer le bout de métal. Fatima le retient.

— Laisse, je m'y ferai.

Fatima a vingt-sept ans. Elle est prête à tous les efforts pour faire scintiller sa vie.

Pont de Bercy

La péniche clapote, immobile, sur la Seine. Le batelier a renoncé à nous raisonner sur la jauge, je soupçonne Kader d'avoir payé sa docilité. Sa fortune lui permet de s'acheter quelques libertés, y compris celle d'humilier les autres. Lui a-t-il asséné son discours sur le renversement colonial ? Le businessman, qui avait honte de la condition ouvrière de son père, s'en vante désormais. Semblable à un gamin jadis réticent à se mesurer, une fois qu'il a grandi, il aime se comparer à l'encoche rainurée au couteau sur un mur. Sa fierté ne s'explique pas par ce qu'il est, mais par ce qu'il a dépassé. Il est devenu le chef, comme notre père le souhaitait pour ses enfants, et maintenant, il le montre. Son discours politique s'est construit sur une faille personnelle et sa grande victoire est que tout le monde l'écoute sans broncher.

Avant de lever l'ancre, le batelier présente la balade le long du fleuve. Nous traverserons les ponts de Bercy, Charles-de-Gaulle, de Sully, Marie, Louis-Philippe, Saint-Louis, de l'Archevêché, Cardinal Lustiger, Saint-Michel, Neuf, des Arts, du Carrousel, Royal, de la Concorde, Alexandre III, des Invalides, de l'Alma, d'Iéna, de Bir-Hakeim puis nous ferons demi-tour pour rentrer à la… Il ne termine pas sa phrase. Adam, l'un des neveux, le fait à sa place : « à la bitte ». Ses cousins et cousines ricanent. Sofiane, son père, le sermonne.

— T'as pas honte de dire ça devant ta mamie ?

— Elle entend rien de toute façon, elle est sourdingue.

— Ça ne va pas la tête de parler d'elle comme ça ?

Sofiane évite nos regards. Il est embarrassé par son manque d'autorité, qu'il compense par des vociférations. Mon frère aîné aimerait se faire tout petit, sa femme Catherine est la seule absente. Il prétextera que Sonia, la petite dernière de quatre ans, est malade et qu'il fallait bien que quelqu'un se sacrifie pour la garder. Il espère que ma mère ne s'apercevra pas de cette double absence. Pour le moment, elle est encore sous le choc, le sourire crispé. Elle n'a jamais été fantaisiste, l'âge n'a rien arrangé. Elle ne sort plus beaucoup. Notre grande sœur Dihya avait inventé un déjeuner chez Sofiane. L'événement avait failli tomber à l'eau, ma mère ne se sentait pas très bien ce matin, il avait fallu insister. Un an de préparation foutu en l'air, ç'eût été un désastre.

Le batelier continue de débiter sa présentation sur les merveilles de Paris. Plus personne ne l'écoute, le buffet est servi. Toute la famille Asraoui fond vers les petits-fours. Le serveur est au chômage technique, chacun se passe de son intermédiaire. À l'opposé de la table, je suis bloqué derrière la nuée, et le seul à écouter le batelier qui s'accroche à mon regard :

— Vous pourrez trouver à vos places des écouteurs. Non, ils ne vous serviront pas à entendre les tubes de la Star Academy 5 mais Marie et François, un couple haut en couleur, vous parlera des secrets les mieux gardés de la capitale. Nous baguenauderons jusqu'à la plus belle dame de Paris, la tour Eiffel – la plus belle après votre mère, bien sûr. Nous la dépasserons jusqu'à la statue de la Liberté, je vous rassure, pas celle de New York, puis il sera temps de faire demi-tour…

Les phrases cousues de fil blanc sont débitées sur un ton monotone, que le batelier ponctue de vagues sourires pour souligner ses bons mots, ou ce qu'il considère comme tels. La tâche effectuée, il se réfugie dans sa cabine. Le moteur en marche fait tanguer la péniche et les regards se retournent vers Dihya. Elle hoche la tête pour signifier que tout va bien. On n'interroge plus notre mère sur sa santé : notre sœur aînée, infirmière de profession devenue son infirmière particulière, est notre intermédiaire. Elle connaît ses mimiques de douleur, ses inflexions quand elle prétend que ça va alors que ça ne va pas.

Au loin, un petit bout de tour Eiffel que ma mère ne peut apercevoir d'où elle se trouve. Tant mieux, nous lui réserverons cette surprise jusqu'au dernier moment. Il y a une bonne dizaine d'années, elle m'avait avoué qu'elle n'avait jamais vu le plus célèbre monument de France. J'avais cru à un trait d'humour, même si, déjà, à l'époque, elle plaisantait moins. Comment une femme installée en région parisienne depuis quarante-trois ans, qui a vécu une dizaine d'années à Paris intra muros, a-t-elle pu passer à côté de son rêve, un rêve à portée de main ? À huit kilomètres des Buttes-Chaumont, à quelques minutes en métro. Accessible à pied avec un peu d'endurance – et ma mère en avait à revendre à en croire les récits épiques de mon père sur ses accouchements. Quand la tour Eiffel apparaît sur un écran télé, ma mère la dévore des yeux. Elle demande à tous les occupants de la pièce de se taire, comme si le tas de ferraille allait lui parler. Tous les ans, elle suit la dernière étape du Tour de France pour surprendre les plans de coupe sur la Tour, alors qu'elle se fiche du cyclisme. Il faut s'imaginer ses grands yeux écarquillés d'enfant lors d'émissions spéciales tour Eiffel. Pas sûr qu'elle comprenne tous les commentaires, mais gare à ceux qui s'avisent de passer devant l'écran ou de lui parler. Difficile de comprendre pourquoi elle ne s'est jamais déplacée jusqu'à l'objet de sa dévotion. Depuis dix ans, je lui ai proposé des milliers de fois de la conduire jusqu'à son pied, son premier, son deuxième, son troisième étage, tout ce qui lui plairait. Elle a brillé d'inventivité pour se dérober. Des prétextes dignes d'un catalogue de mots d'excuse bidons pour cancres à l'école. Trop occupée, fatiguée, une sieste ou son jardin à faire, les immanquables *Feux de l'amour*... Maintenant, elle ne se donne plus la peine de changer de version, elle me répond qu'elle est trop vieille, un argument imparable. C'est la grande contradiction de ma mère, qui veut mais qui ne veut pas vraiment tout en regrettant, en silence ou en tamazight, de ne pas avoir.

Je me fraie un chemin jusqu'au buffet. Mes salauds de frères et sœurs ont mangé les meilleurs petits-fours ! Ma mère m'appelle de sa voix faible, relayée par Dihya :

— Malik ! Malik !

— Maman, ça va ?

Malgré moi, je regarde Dihya et je m'en veux aussitôt de la réduire à son rôle d'aidante. Ma mère me tire par la manche.

— Malik, tu ne me regardes pas quand je te parle ?

— Bien sûr maman, je ne vois que toi.

— Alors pourquoi tu regardes Kahina ?

— Pardon ?

Je ne sais pas où me mettre. Comment peut-elle connaître *ma* Kahina ? Décontenancé, je me tourne une nouvelle fois vers Dihya. J'essaie de bredouiller quelques mots qui refusent de sortir de ma bouche. Dihya me sauve de l'asphyxie en me murmurant à l'oreille :

— Laisse, Malik, maman n'a plus toute sa tête. Il lui arrive de m'appeler Kahina depuis quelques semaines, sans raison. Pareil avec tes autres sœurs. Tu le saurais si tu prenais plus de nouvelles.

À peine ai-je repris mon souffle qu'un nouveau coup me le fait perdre. Dihya me rappelle à juste titre que je n'appelle plus ma mère aussi souvent qu'autrefois. Comment lui expliquer que l'amour prend du temps ? C'est un mauvais prétexte, un amour ne devrait pas en effacer un autre, surtout celui d'une mère. Elle me tend les mains. Je m'attends à sentir la chaleur de sa paume quand elle me présente une assiette.

— Mon petit Malik, j'ai pris ça pour toi, je savais que les grands n'allaient pas te laisser à manger.

Le geste de ma mère décuple ma honte et mon sentiment de l'avoir laissée tomber. Pour elle, je serai toujours son « petit Malik », elle m'a toujours protégé. Peut-être me soudoie-t-elle aussi pour que je réponde à sa prochaine question :

— Tu sais où est Catherine ?

— Qui ?

— La femme de Sofiane. Tu crois que je n'ai pas remarqué qu'elle n'était pas là ?

Ma mère me surprendra toujours. Elle est capable d'oublier le prénom de sa fille et, dans la foulée, de se souvenir de celui de sa belle-fille, qu'elle voit une fois tous les 36 du mois. Je fais un effort surhumain pour éviter d'interroger Dihya du regard.

— Je crois que Sonia est malade et qu'elle doit la garder.

— Ma petite-fille est toujours malade ? Ses parents n'ont pas assez d'argent pour la faire garder ? Vous me prenez pour une idiote, ma parole !

— Mais non, maman !

Les maladies imaginaires de Sonia, la petite de quatre ans, sont l'alibi des absences de Catherine lors des réunions de famille. Nous les invoquons selon un accord tacite. Tout le monde sait que ça ne va pas très bien entre Sofiane et Catherine. Il suffit de passer une heure avec eux pour assister à un festival de piques. Leur fille Myriam se confie souvent à moi sur le malaise qui s'est progressivement installé entre eux. Je change de sujet :

— Je peux m'asseoir à côté de toi, maman ?

— Non, cette place est réservée.

— Pour qui ?

— Pour ton père.

— Mais…

Je m'interromps. Je crois d'abord à une nouvelle perte de mémoire mais je vois les yeux de ma mère briller. Elle n'a pas perdu la tête. La place inoccupée est bel et bien pour mon père, mort il y a huit ans.

Gare de Lyon, 1er janvier 1997

Le voyage de Mohand jusqu'à Paris se déroule dans une étrange atmosphère. À la gare RER, il n'a pas reconnu Mustapha, venu s'asseoir à son côté. La voix de son ami se confond avec le crissement du wagon sur les rails. Il n'entend pas son vieux camarade lui annoncer la nouvelle du jour : la naissance de sa petite-fille, Sarah, qu'il va voir pour la première fois à la maternité. Celui-ci ne remarque pas le teint livide de Mohand, ses gestes mal assurés. Il s'est plutôt demandé si son manque d'enthousiasme traduisait une rancune, une jalousie cachée. Il aura honte de cette mauvaise pensée. Mohand va mal depuis plusieurs années. Tout le monde le savait, mais personne ne pouvait l'empêcher de sortir. Impossible de mettre sous cloche l'ancien berger kabyle qui grillait de temps à autre une petite cigarette en cachette, au mépris des prescriptions médicales.

Mohand craint ce trajet, un trop long trajet étant donné ses aptitudes physiques amoindries alors qu'il était son quotidien avant ses crises à répétition. Il n'a jamais admis la détérioration de son état de santé. Il continue de faire comme si, quitte à souffler, à s'arrêter un peu plus. Le Mohand d'avant se baladait dans les parcs, les rues, multipliait les pauses aux cafés, au foyer pour personnes âgées… On le surnommait « Monsieur le Maire », en raison de son extrême sociabilité. Jusqu'à ce qu'il chope la maladie des immigrés. C'est comme ça qu'on appelait toutes ces saloperies contractées dans les usines, sur les chantiers, lors des travaux de force. Elle ne figurait dans aucun manuel de médecine. Les exilés des anciennes colonies avaient inventé un dictionnaire rempli d'euphémismes pour décrire leur réalité. Les docteurs s'étonnaient de la fréquence de certaines pathologies. Elles paralysaient les muscles, coinçaient les articulations, bloquaient les artères, métastasaient des cellules indésirables… Et parfois, tout ça en même temps. La maladie avait ralenti le pas de Mohand, et courbé sa silhouette. À l'usine, il mourait à petit feu sans le savoir, rongé par le bruit de la fraiseuse, les horaires impossibles et tous les maux qu'il taisait. Désormais, le monde tangue autour de lui. Ces dernières années, ses oreilles bourdonnent tellement qu'il n'arrive plus à réfléchir ni à se concentrer. Quand il joue aux dames, il perd le fil. Ses enfants font exprès de le laisser gagner. Ces victoires offertes le mettent hors de lui, il est trop bon joueur pour ne pas s'en apercevoir.

Euphorique, Mustapha prend le chemin de l'hôpital des Diaconesses alors que Mohand, à bout de souffle, s'affale sur un banc de la gare de Lyon. Il a déjà connu ce genre d'épisode, ça va passer. Il suffit d'inspirer de grandes bouffées d'air. Est-ce qu'il pense à Gérard ? Français depuis des générations, le pauvre camarade a eu lui aussi la maladie des immigrés. Il en est mort. Un cancer de l'amiante, comme il disait en se marrant, avec un peu de cirrhose dedans. Gérard préférait parler de la maladie du rouge, en référence à son double penchant pour le communisme et pour le vin. La dernière fois que Mohand a vu Gérard, il était tout blanc. Plus qu'un camarade, Gérard était un frère. Ce lien de sang s'était noué dès leur première rencontre. À cette époque, Mohand militait au FLN et dans une fédération de l'UGTA [1], Gérard à la CGT. Ils avaient dû se croiser sans se voir lors d'une de ces manifestations où Gérard était le seul à se faire entendre sans haut-parleur. Mohand avait très vite proposé à Gérard, qui ne pouvait plus payer son loyer parisien, de le rejoindre à Flins, où l'usine Renault embauchait à tour de bras. Après quoi, ils ne s'étaient plus quittés. Les deux camarades se

1. Union générale des travailleurs algériens.

grisaient de phrases comme « l'Internationale sera le genre humain » ou « ce soir l'ennemi connaîtra le prix du sang et des larmes ». Ils faisaient front commun, qu'ils plastronnaient. Gérard avait plusieurs fois proposé à Mohand de rejoindre le premier syndicat de France – « Tu verras, on va bien se marrer ». Mais Mohand butait sur le mot « France », c'était prématuré, le souvenir de la guerre d'Algérie était encore vivace. Jusqu'à sa mort, il n'a jamais pu adhérer à une organisation française. Quand on lui a annoncé qu'il pouvait se faire naturaliser, que ça simplifierait la vie de ses employeurs, il a refusé pour les mêmes raisons.

À l'hôpital où Mohand venait lui rendre visite tous les jours, la grosse voix de Gérard s'était éteinte. Son ami devait tendre l'oreille pour comprendre le murmure du camarade : « On joue aux dames ? » Gérard et lui avaient usé des tonnes de damiers à force de jouer l'un contre l'autre. Même au pic de ses maux de tête, Mohand le battait encore. Mohand était fortiche, avec ses combinaisons diaboliques. Gérard les voyait venir à la façon qu'avait son ami de plisser les yeux avant de sauter plusieurs pièces à la file. Après chaque défaite, il jurait avec la même conviction que lors de ses vindictes aux patrons : « Cette fois-ci, je vais te battre. » Sa foi aveugle en l'impossible avait de quoi laisser perplexe sur l'issue de la lutte des classes. Mohand n'avait pas eu le cœur à remporter la dernière partie de dames contre Gérard. Mais le camarade avait remarqué son manège. Il l'avait viré de sa chambre. Gérard le rouge ne voulait pas de pitié. Il réclamait la justice. D'une voix presque aussi sonore que d'habitude, il avait alors hélé en direction de Mohand :

— On laissera jamais les patrons nous avoir, hein ?

La maladie des immigrés avait fauché Gérard le lendemain. Jusqu'au bout, il aura prophétisé l'impossible. D'habitude, les enterrements avaient une origine, ou une couleur dominante. Les immigrés disaient adieu aux immigrés, les Français aux Français. À l'enterrement de Gérard, toute la ville était venue. Sauf les salauds de patrons parce qu'il faut pas exagérer. Mohand fut chargé de l'éloge funèbre. Un Algérien qui célèbre un Français, ça n'était pas fréquent. Il l'avait répété un nombre incalculable de fois, pour être à la hauteur de son frère. Il avait prévu de passer en revue toutes leurs luttes. Mais juste avant son allocution, l'émotion l'avait rendu amnésique. Il avait évoqué une anecdote que tout le monde ignorait, y compris Fatima. Gérard lui avait enseigné les rudiments du français. Ses leçons n'étaient pas académiques : les étiquettes de ses bouteilles de vin lui servaient de manuels d'alphabet. Avec un coup dans le nez, Il lui arrivait souvent de mélanger les lettres. En son hommage, Mohand avait donc lu une feuille où figurait toute une liste de noms de vignobles. Il avait terminé par « Merci bicot, Gérard » et il avait pleuré pour la première fois en public, devant sa famille. En toute autre circonstance, Mohand devait faire l'homme, le « rajel » en arabe. Il n'avait pas le droit de déserter face à la responsabilité d'être un mâle.

Tout « rajel » soit-il, des larmes remontent en Mohand, sur ce banc en face de la Tour de l'Horloge. Il lui semble que les aiguilles tournent plus lentement que d'habitude, que le béton le happe vers lui. Il voudrait parler à son voisin mais les mots refusent de sortir de sa bouche qui se tord malgré lui. Il ne contrôle plus ses bras non plus. Il en est sûr maintenant, c'est la fin. Il ne pourra pas tenir une vieille promesse qu'il était venu honorer. Le matin même, Bairem, un de ses amis resté aux Buttes-Chaumont, l'avait appelé pour lui dire qu'il avait trouvé une réplique du bandeau de Brigitte Bardot, et qu'il l'avait mise de côté pour Mohand. S'il avait su que le voyage le tuerait, il l'aurait fait venir avant, lancera Bairem en pleurant de rire lors de l'enterrement, la pudeur du chibani l'empêchant d'avouer sa tristesse.

Mohand est sorti de la maison aux aurores, pour être sûr qu'aucun de ses enfants ne l'en dissuade, en particulier Dihya, dont il s'évertuait à contourner les interdictions. Jamais il ne serait l'enfant de ses enfants. Il resterait celui qui détient l'autorité jusqu'au bout. On ne saura jamais ce que furent ses dernières pensées. Quand il souffrait, il récitait la profession de foi en tenant la main de Fatima et lui caressait sa bague. Chaque fois que je regarde les bancs, la Tour de l'Horloge, je me demande sur lequel il est mort et j'imagine ce qui a pu lui traverser l'esprit. Et je rêve que les aiguilles tournent très vite en arrière pour lui dire tous les mots qu'on ne s'est pas dits.

Pont d'Austerlitz

À la mort de mon père, tous les camarades, tous les chibanis sont venus à la maison avant le dernier départ de « Monsieur le Maire » en Algérie. De ce jour, je ne me rappelle que ma mère en train de préparer des gâteaux, serrer des mains, embrasser des joues, recevoir les condoléances… Elle a refusé de prononcer un discours. La présence de tous ces gens venus rendre hommage à son mari lui suffisait. Elle a juste relevé qu'en visant le 1er janvier sur le calendrier, mon père avait choisi la date de sa mort et non celle de sa naissance, ponctuant sa boutade d'un sourire triste. Son humour noir s'est forgé à mesure qu'elle a vu disparaître ses amies. Si les hommes mouraient de la maladie des immigrés contractée sur les chantiers, la maladie des immigrées, c'était le veuvage et la solitude. Les journées de ma mère se suivent, identiques, et s'étirent. Même en ce moment, au milieu de cette péniche remplie, elle semble ailleurs. Est-elle avec nous ou pense-t-elle à son mari, enterré en Algérie ? Pendant des dizaines d'années, il avait cotisé à une caisse commune pour rapatrier les morts vers leur terre natale. Elle était l'équivalent des assurances obsèques d'aujourd'hui et, surtout, elle maintenait un lien entre les chibanis. Maintenant, la plupart d'entre eux se font enterrer en France. La mort devient plus familière, ma mère assiste à des funérailles régulièrement. Les mêmes visages qu'auparavant, lors des mariages, avec quelques rides en plus. On y ressasse le bon vieux temps. Dans *Les Vieux de la vieille*, Jean Gabin s'exclame devant ses comparses de fugue, « ce cimetière, c'est nos vingt ans ! » Pour ma mère, c'est ses trente ans. Elle n'a pas eu son Paris de carte postale. Ni tour Eiffel ni cafés en terrasse à Saint-Germain. Elle n'a jamais porté de bandeau à la Brigitte Bardot. Le Paris de mes parents était en marge de Paris. Nous étions des banlieusards avant même notre déménagement en banlieue. En a-t-elle été déçue ? Personne ne le sait. Ma mère ne dévoile jamais le fond de sa pensée. Ou elle l'affirme dans sa langue natale qu'aucun de nous ne connaît, sauf moi désormais.

— Pourquoi tu restes planté à côté de moi, Malik ? Va t'amuser avec les autres !

Je suis en effet posté devant ma mère. Nous avons décidé de nous relayer pour lui cacher jusqu'au bout la tour Eiffel, le bouquet final de la journée. Pas sûr qu'avec ses mauvais yeux, elle la verrait à cette distance, mais sait-on jamais. Parfois, elle n'entend rien quand on s'époumone à deux centimètres d'elle, parfois elle perçoit un murmure tout au bout d'une salle.

Même dans un mauvais jour, elle entendrait le vacarme en provenance du pont. J'hésite entre me précipiter et poursuivre ma mission de paravent. Ma mère me délivre de ce dilemme, elle se lève et je l'accompagne, toujours à sa gauche pour cacher ce monument qu'elle ne saurait voir. Ma curiosité est plus grande que mon sens du devoir, j'accélère et la précède. Stupéfait, je découvre Étienne, le fils de Gérard. Toujours fidèle à la cause, la grande gueule l'avait baptisé du nom du héros de *Germinal*.

Personne n'avait remarqué Étienne sur la péniche, pourtant pas si grande que ça. Il s'était planqué dans la cabine du batelier. C'est par accident que Kader l'a percuté en allant vérifier si le reste du buffet allait bientôt être servi. Un Asraoui au ventre vide devient vite obsessionnel. Étienne, accro à la nicotine, était sorti deux minutes pour fumer. Il avait prévu de se montrer au dernier moment, pour dire joyeux anniversaire et retarder un accueil qu'il présageait glacial. Cela fait quatre ans que nous le fuyons tous, sauf Sofiane et ma mère. Manque de chance, il est tombé sur le plus hargneux d'entre nous. Rempli de dédain, Kader le prend de haut :

— Qu'est-ce que tu fous là, Étienne ?

— J'ai été invité.

— Tu as dû te tromper, la fête de Jeanne d'Arc, c'était le 1er mai.

— C'est bon, Kader, je m'en vais.

— Comment ? Tu vas te jeter dans la Seine ? Mais dis-moi, les Arabes à la Seine, c'est un fantasme pour toi, non ?

— Ça va, j'ai dit.

— Quand je pense à ton père, je te jure…

— Je t'interdis de parler de lui !

— Désolé, c'est encore mon pays ici et c'est moi qui ai payé la location de cette péniche. Tu es chez moi, je fais ce que je veux. Ton père, il aurait honte de toi, voilà !

Étienne, recroquevillé jusque-là, bombe le torse et bouscule Kader. Surpris, mon frère est propulsé deux mètres en arrière et trébuche sur une chaise. Elle se fracasse sous son poids. Les enfants crient « Y a Kader qui se bat ! Y a Kader qui se bat ! » Au plus proche de la scène, je ne sais pas comment réagir. Je fuis les bagarres. Sofiane est le premier à intervenir. Son surpoids ne l'empêche pas de bondir aussi prestement que lorsqu'il était le caïd du quartier, titre qu'il codétenait avec Étienne.

— Qu'est-ce qui se passe ici ? demande Sofiane.

— Qui a invité ce… ? répond Kader en se retenant de terminer sa phrase lorsqu'il croise le regard de ma mère, qui avance péniblement vers eux.

— C'est moi, lui souffle Sofiane.

— Pourquoi ? Tu sais très bien que…

Kader répond à Sofiane mais il est magnétisé par notre mère, blême, qui prend Étienne dans ses bras :

— Étienne, je suis si contente que tu sois venu.

— Madame Asraoui, je suis désolé…

— Ne le sois pas. Kader, tu n'as pas honte de te battre avec un invité ? interpelle notre mère.

— On n'avait pas décidé que la fête ne concernerait que la famille ? s'indigne Kader auprès de Sofiane, en sachant qu'il a déjà perdu la bataille.

— Le fils de Gérard, c'est notre famille, non ? répond Sofiane dont la voix hésitante trahit le manque d'assurance.

Kader écume de rage. Sa jugulaire strie son cou d'une ligne bleue violacée. Sa colère, ce feu intérieur qui l'habite depuis toujours, lutte contre le respect dû à son aîné et, surtout, contre la nécessité de ne pas provoquer de stress à notre mère. Si elle n'était pas là, il foncerait dans le tas. Pour se retenir, il porte son poing serré à la bouche. C'est le geste qu'il faisait, adolescent, se mordant parfois jusqu'au sang. Il ne reprend contenance que lorsque tous les neveux et nièces l'enlacent. Taslima, sa discrète épouse, le prend par la main.

Celle qui a transformé le jeune chien fou en mari raisonnable rajuste sa veste trop grande pour lui. Ne jamais porter un vêtement à sa taille est l'un des nombreux signes de son anticonformisme. La voix à demi enrouée par la couleuvre qu'il vient d'avaler, il étouffe un « très bien », puis se dirige à nouveau en cuisine pour vérifier que le reste du buffet est sur le point d'être servi. Dans ses yeux, une étincelle, la même que je lisais dans le regard d'Étienne lors de l'enterrement de Gérard, mélange de tristesse et de haine. Je n'aurais jamais cru qu'elle provoquerait un tel incendie dans la vie d'Étienne.

Grigny, 18 mars 2001

Sofiane est mort de rire. Sur le mur réservé à l'affichage électoral, il vient de découvrir une liste à demi déchirée où figure le nom d'Étienne Barratier. L'homonymie le désigne comme candidat d'un parti d'extrême droite aux municipales ! Il est évidemment impossible qu'il s'agisse du fils de Gérard. Ils ont été élevés aux mêmes mamelles du communisme, s'amusent depuis toujours à répéter ces paroles d'une chanson de rap « you're my brother from another mother », tu es mon frère d'une autre mère. Leur proximité était telle, qu'autrefois, dans le quartier, on les confondait. Dans les années 80, Étienne avait bouclé ses cheveux pour ressembler à Michael Jackson. Il avait une tête d'Arabe et les flics, qui le contrôlaient souvent, n'en revenaient pas qu'il puisse s'appeler Étienne. Il avait même passé une nuit au poste, sous prétexte que ses papiers étaient faux. Les deux copains en rigolent depuis lors.

Sofiane déchire consciencieusement l'autre moitié de l'affiche électorale. Il ne peut pas laisser le nom d'Étienne accolé à l'affreux bateleur d'extrême droite. Quand il apparaissait à la télé, c'était à qui de Gérard ou de Mohand l'insulterait le plus fort. C'était bien sûr Gérard qui gagnait à chaque fois, grâce à sa voix tonitruante. Dix ans plus tôt, cette affiche n'aurait pas tenu deux heures dans le quartier. Sofiane en a remarqué plusieurs autres, intactes, le long de l'allée de la gare. La jeune génération ne fait pas le boulot, grommelle-t-il, ce même reproche que celle d'avant adressait à la sienne. Sofiane parle comme un vieux con, il commence à s'encroûter. Pour preuve, la nouvelle qu'il va annoncer : il va devenir père pour la troisième fois. Catherine, sa femme, attend une fille. Il est tellement guilleret qu'il a failli en oublier son devoir électoral. Il a été rattrapé par la voix de son feu paternel : vote ou l'extrême droite va passer. Pas de quoi s'inquiéter, les sondages prévoient que le parti socialiste remporte le scrutin haut la main, on est en pleine croissance, le chômage baisse, la polémique du moment est de savoir comment le gouvernement répartira la cagnotte fiscale. Des problèmes de riches, on prévoit même de passer bientôt aux 35 heures de travail hebdomadaires. Sofiane bénéficie de l'euphorie économique, il gravit les échelons deux à deux dans sa compagnie d'assurances, il gère une équipe de quinze personnes alors qu'il n'a pas quarante ans. Un salaud de banquier, comme aurait maugréé son père, lui a même octroyé un prêt pour l'achat d'un duplex à Paris, un rêve qu'il entend réaliser avant tous les autres qu'il s'est fixés.

Tous les dimanches, Sofiane s'amuse de sa nouvelle condition de nanti avec Étienne. Ensemble, ils ressassent le bon vieux temps de la fin des années 70, celui qui les a vus s'affronter lors d'une bataille homérique. Ils étaient deux petits morveux d'une quinzaine d'années qui jouaient aux caïds. Bagarreurs, magouilleurs, baratineurs, les deux coquelets marchaient sur les mêmes plates-bandes. Les rivaux n'avaient pas trouvé de meilleur prétexte qu'une bataille de regards pour s'affronter, tu vas voir, j'vais t'régler ton compte après les cours. Aucun des deux ne se souvient des détails de la mêlée qui a suivi. D'après les témoins, elle avait duré plusieurs dizaines de minutes, une lutte acharnée où personne n'avait voulu céder. Dix ans après, j'entendrais encore parler de ce combat des chefs dont les murs de mon collège avaient gardé la mémoire. Leur héroïsme viril contrastait avec mon peu de goût pour la bagarre. J'aurais pourtant bien cogné Xavier, mon voisin, qui me provoquait en me lançant que j'étais un enfant adopté. Aux antipodes de ma passivité, Sofiane et

Étienne s'étaient foutus sur la gueule jusqu'au sang. À bout de souffle, les vêtements en lambeaux, ils avaient fini par tomber dans les bras l'un de l'autre, un aveu de fatigue autant qu'un signe de respect. Ils avaient ensuite mutualisé leurs petites affaires. Ils chapardaient des livres à la librairie pour les vendre aux intellos. Ils fabriquaient de faux tee-shirts Lacoste avec des crocodiles cousus à l'envers. Ils trafiquaient l'essence de leurs mobylettes pour faire un maximum de bruit. Chacun leur tour, ils aspergeaient de bombe lacrymogène ou de boules puantes la classe de l'autre, pour se dispenser de cours…

Aujourd'hui, Étienne est ouvrier, comme son père l'était. Malgré ses poumons fragiles, il travaille dans une usine de produits chimiques. Il doit vivre avec cette brûlure en lui, un feu qui le consume. Quand il se retrouve dans le grand jardin de Sofiane à Yerres, dans une résidence privée, il ne peut s'empêcher de voir sa vie en miroir, lui qui habite toujours dans un studio minuscule de la cité. Qu'a-t-il construit ? Il donnerait un rein pour Sofiane mais il ne peut pas s'empêcher de ressentir une pointe de jalousie. Son meilleur ami avait brusquement changé après son retour de longues vacances scolaires en Algérie, en 1976 : plus assidu à l'école, il ne sortait plus aussi tard le soir, pour se consacrer à ses devoirs. Il avait d'ailleurs invité

Étienne à en faire autant, mais Gérard, considérant que le lycée était un conditionnement à l'aliénation capitaliste, ne l'y avait pas encouragé, préférant l'emmener avec lui lors des manifs pour faire le coup de poing – c'est comme ça qu'on devient un homme, mon fils. Étienne a finalement célébré son CAP de tourneur-fraiseur en même temps que le Bac C de Sofiane. Gérard était le plus fier, on entendait sa voix dans toute la Grande Borne. On l'a retrouvé le lendemain, en sous-vêtements, ivre mort, sans que jamais personne ne puisse dire ce qui s'était passé lors de cette folle nuit. Père et fils iraient ensuite tous les jours ensemble à l'usine, jusqu'à la mort de Gérard.

Tous ces souvenirs accompagnent Sofiane au moment où il frappe à la porte de l'appartement d'Étienne. Aucune réponse. Il sonnerait bien mais l'interrupteur est cassé, comme l'ascenseur. L'odeur d'urine dans la cage d'escalier l'indispose. Il n'aurait probablement pas remarqué la puanteur il y a quelques années, il a grandi avec. C'est en quittant la cité qu'il a compris combien il avait été pauvre. Il avait alors proposé à sa mère de lui trouver un logement ailleurs. Ce déménagement aurait arrangé Dihya mais notre inamovible mère avait refusé, tous ses repères sont ici. L'offre de Sofiane s'étendait aussi à Étienne, qui l'avait déclinée par fierté. Parfois, il consent à accepter quelques billets pour dépanner, pas plus.

Au bout de dix minutes d'attente sur le palier et sans moyen de joindre Étienne, Sofiane se résout à partir à contrecœur. Il souhaitait annoncer la grossesse de Catherine en avant-première à Étienne. Le regret le ramène à la réalité : il va être à nouveau papa. Il va être à nouveau papa. Il va être à nouveau papa. Il doit se le répéter pour le croire. C'est incroyable, c'est fantastique, c'est merveilleux, c'est magnifique, c'est… Il en perd ses mots, ses émotions se télescopent. Papa de trois enfants, tu te rends compte ? Aveugle à son environnement, il descend les étages en lévitation. Il reprend enfin conscience du monde quand il voit une bande en train de coller des affiches d'extrême droite. À deux pas d'eux, une autre bande de jeunes s'en foutent. Il se souvient des grandes bagarres sur Bérurier Noir. Elles se déroulaient de nuit, car jamais les militants d'extrême droite n'auraient osé agir à découvert. Dans un premier temps, Sofiane veut haranguer les apathiques, leur dire qu'on ne peut pas laisser l'extrême droite afficher ses idées impunément. Non, il va lui-même aller voir ces gens, pour l'exemple. Mais pour la première fois, il entend un murmure : attention. C'est le son de sa voix mêlée à celle de son père. Elle poursuit : tu dois être prudent, tu ne vas pas faire de ta fille une orpheline à la naissance. Sofiane se débat. Non, être responsable, c'est aussi défendre ses convictions, il faut qu'il y aille. Quelle leçon va-t-il donner à sa fille s'il se défile ? La voix de la raison lui répond : et quelle leçon lui enseigneras-tu si tu n'es plus là ? Sofiane est figé, incapable d'avancer ni de partir. Son immobilité attire l'attention de la bande de colleurs qui se retournent sur lui. C'est là qu'il reconnaît Étienne, son frère Étienne. Leurs expressions de visage les trahissent. L'un des types qui accompagnent Étienne lui demande : tu sais qui c'est, ce mec ? Il ne réagit pas. Pas plus que Sofiane. Ils sont à quelques mètres, comme avant leur première bagarre par laquelle leur amitié, non leur fraternité, a commencé. On pourrait croire qu'ils vont rejouer la scène de la baston interminable. Mais Sofiane tourne les talons. La tête basse, il se dirige vers le bureau de vote et entend à nouveau la voix de son père lui intimer « vote ou l'extrême droite passera ». Trop tard, elle est déjà passée, par son meilleur ami. Il ne parlera jamais de cet épisode, ni à sa famille ni à Catherine. Quand Étienne sera élu au conseil municipal et qu'il ne sera dès lors plus possible de le cacher, il fera comme si de rien n'était. Tous les dimanches, dans son jardin puis sur la terrasse parisienne de son tout nouveau duplex, les deux amis continueront de parler du bon vieux temps, en ignorant le présent.

Entre le pont de Sully et le pont Marie

Si j'avais pris la porte de droite et non celle de gauche, je serais allé aux toilettes, plutôt qu'à la cuisine, où j'ai atterri par erreur. Son seuil à peine franchi, j'entends les éclats de voix de Kader. Il hurle que la dernière fournée du buffet devrait déjà être prête. Il passe ses nerfs sur le chef, une façon détournée d'extérioriser sa rage étouffée contre Étienne :

— Vous savez combien ça m'a coûté, la location de cette péniche ? Plus que votre salaire annuel, alors vous avez intérêt à faire correctement votre travail !

Le chef indien hoche la tête. Il répond dans un anglais cryptique, avec un accent à couper au couteau et un débit mitraillette. Kader se tape la main sur le front. J'ai l'impression d'assister à un film muet des années 20 où les acteurs exagèrent leurs mimiques. Si la scène n'avait été si drôle, je serais parti et le regard de Kader n'aurait pas croisé le mien. Un ange passe. Je mets fin à l'embarras en me dirigeant vers la sortie mais Kader me prend à partie :

— Qu'est-ce qui m'a pris d'organiser ce truc, j'te jure ?

— Hum.

— Et ce traître d'Étienne qui vient gâcher l'événement, t'as vu ça ?

— Hum.

J'ignore si Kader attend des réponses ou une approbation. J'opte pour un entre-deux en forme de grognements. Visiblement, ça ne satisfait pas Kader, qui n'a pas épuisé sa colère.

— Malik, tu vas passer combien de temps à me fuir comme ça ?

Malgré ses efforts pour adoucir son ton, Kader est cassant. Il l'a toujours été, il existe un fossé entre ses intentions et sa brusquerie. Le frère du milieu n'a jamais réussi à s'affranchir de son inextinguible volonté de puissance. Toute discussion avec lui conduit immanquablement à une impasse. Nous n'arrivons pas à nous parler. La phrase de mon père sur l'importance de la famille me revient alors en mémoire… Parce que la famille, c'est sacré, je réponds à Kader :

— Je ne te fuis pas.

— Alors pourquoi on en est là ? On est frères, quand même.

Je m'interroge sur le sens de cette phrase. Oui, c'est incontestable, nous sommes frères. Au-delà du sens biologique du terme, y a-t-il un lien entre nous ? Non. Kader entretient des relations bizarres avec toute la fratrie. L'esprit de compétition permanent qui l'a aidé à devenir un homme d'affaires redoutable est une barrière à l'établissement d'une sociabilité cordiale. Le rapport de forces est son mode d'action, de communication. J'acquiesce en espérant sceller la discussion. Décidé à rompre la glace, Kader bifurque sur le premier sujet qui lui traverse l'esprit. Comme lorsqu'il n'a rien à me dire, comme toujours donc, le grand supporter du PSG me parle de football :

— T'as vu ce but de Kalou contre Nancy la semaine dernière ? À ton avis, ça va donner quoi contre Auxerre demain ?

Je hausse les épaules pour signifier que je n'en sais rien. Kader poursuit :

— Moi je dis 0-2 pour le PSG, un but de Pauleta et un de Rothen sur coup franc. Je suis invité aux loges de l'Abbé-Deschamps par un client, ça te dirait de venir ?

— …

Je ne sais jamais quoi répondre aux invitations de Kader. Je suis prêt à parier qu'il aura formulé la même à chaque membre de la famille d'ici la fin de la journée, et qu'aucun d'entre nous ne l'accompagnera. Kader propose puis il oublie. Sa générosité est un vernis. Il n'attend pas vraiment de réponse. La preuve, il enchaîne sur le grand sujet du moment, après la météo caniculaire :

— T'as vu ce qui se passe à Clichy ? C'est dingue, non ?

La question est rhétorique, il va vite passer à autre chose. Mais à l'inverse du foot, le sujet m'intéresse. La conversation avortée avec Kahina ce matin, je vais l'avoir avec Kader :

— Ce n'est pas si dingue que ça quand on y réfléchit. Des émeutes, on en a vu quelques-unes à Grigny.

— Des émeutes ? Tu exagères, c'était au plus des petites bastons de rien du tout. Rien qui ressemble à ce que je vois à la télé. En plus, à l'époque, on avait de bonnes raisons alors que maintenant…

— Je te rappelle que deux jeunes sont morts.

— Tu défends les émeutiers ?

— J'essaie de comprendre ce qui se passe.

— Tu justifies, quoi.

— Tu commences à parler comme Sarkozy. Si j'essaie de comprendre pourquoi une équipe de foot est dernière de son championnat, je justifie son classement ?

— Qu'est-ce que tu racontes ? Ce n'est pas du tout la même chose. Tu crois qu'on a affaire à des défenseurs de la veuve et de l'orphelin, c'est ça ?

— Qu'est-ce que tu sais de ces jeunes ? Comment veux-tu qu'on discute si tu caricatures ?

— Et toi tu coupes les cheveux en quatre. C'est ça ton problème, tu réfléchis trop. D'ailleurs…

Quand Kader glisse « d'ailleurs », il s'apprête à aborder le sujet principal. Avec lui, le diable est dans les détails. Il se flatte le menton, satisfait d'avance du coup qu'il va porter.

— C'est vrai ce que je viens d'entendre, Malik ? Tu as arrêté la finance ?

Chaque fois que je vois Kader, il vient d'entendre que j'ai arrêté la finance. Ça fait des années qu'il l'apprend puis qu'il fait semblant de l'oublier pour revenir à l'assaut. Son excellente mémoire s'arrête où commence sa mauvaise foi. Le reproche aggrave sa voix.

— Malik, tu es sûr que c'est une bonne idée ?

— Je ne suis sûr de rien.

— Tu ne veux pas un travail ? Je peux t'aider.

— Je travaille déjà. Sur un projet personnel.

Je n'ai révélé à personne dans la famille que j'écris un roman. Seule Kahina le sait. On me prendrait pour un fou si j'avouais que j'ai troqué une situation stable contre un rêve. Combien de premiers romans se font publier chaque année ? Je n'ai pas consulté les chiffres avant de me lancer, moi dont les statistiques étaient une partie du métier. Toute démarche rationnelle remettrait en cause cette décision radicale, la réalité pourrait me faire reculer.

— Malik, tu dors ou quoi ? me demande Kader, qui me tire de ma torpeur.

— Je pensais à notre conversation après que je t'ai vu dans ton premier kebab, à Villeneuve-Saint-Georges.

— Quelle conversation ?

— Celle où tu me disais que tu voulais devenir rentier à quarante ans.

— Tu dois me confondre avec quelqu'un d'autre.

— Tu as probablement raison.

Je sais qu'il se souvient et il sait bien que je le sais. Je n'étais pas si différent de lui, autrefois. Nous faisons comme si cette conversation n'avait jamais eu lieu, même si ni l'un ni l'autre n'avons oublié cet échange qui m'a donné envie de changer de vie et a insidieusement pourri notre relation.

Paris, 20 janvier 2000

Je suis le roi du monde. Je comprends le sentiment de toute-puissance de Leonardo DiCaprio sur la proue du *Titanic* chaque fois que je traverse la salle des marchés. Les téléphones qui n'arrêtent pas de sonner, les traders qui s'arrachent les cheveux devant leurs ordinateurs à multiples écrans, les télévisions qui gobent en temps réel l'information du monde entier… Un shoot d'adrénaline me fait planer quand je foule la moquette immaculée de l'immense pièce entourée de baies vitrées qui surplombe Paris. Dans cette société de bourse américaine, à quelques dizaines de mètres du palais Brongniart où l'on criait jadis les ordres d'achat et de vente à la corbeille, je travaille à côté des empereurs : les traders, qui brassent des millions en quelques clics. Pour eux, je ne suis qu'un bouffon. Ils se surnomment la stratosphère, car ils forment un monde à part, au-dessus du nôtre. Je suis censé analyser les valeurs sur lesquelles ils misent.

« Censé » parce que mon métier n'a plus de sens : tous les jours, le CAC 40 grimpe. Certaines valeurs technologiques doublent de valeur en quelques jours. Il suffit que le mot magique « Internet » soit accolé à une société et elle devient une mine d'or. Aucun de nos modèles mathématiques ne prévoit de tels niveaux de cours alors nous les changeons pour qu'ils collent à la réalité. Un journal a publié une étude dans laquelle un analyste financier, un singe et un enfant étaient chargés de valoriser un portefeuille d'actions. Au bout d'une semaine, l'analyste avait les plus mauvais résultats. Nous sommes des chimpanzés très bien payés. La Bourse est l'un des seuls milieux où les jeunes ont un véritable pouvoir. Nous sommes aussi des gamins trop gâtés qui nous émerveillons de nos joujoux hors de prix, pour mieux les oublier une fois le papier cadeau déchiré.

Après des journées à rallonge, je décompresse dans les boîtes les plus courues de Paris : *le VIP, Le Palace, Les Bains Douches, Chez Régine, Chez Castel, le Pulp*… Le père de George-Alan, mon collègue, détient des parts de quelques-unes d'entre elles, ainsi que de restaurants où nous mangeons sans regarder à la dépense. Je constate qu'il est bien plus facile d'y entrer quand on est avec George-Alan, John et Nancy plutôt qu'avec Mohamed, Abdoulaye, Assia et même Xavier du quartier. Je prends mon petit déjeuner au Café de Flore, à deux pas de chez moi, dans ce 6e arrondissement que j'avais tant fantasmé au lycée. Qu'il me semble loin, ce temps où je lisais des livres !

Un après-midi, je suis tombé sur Xavier, mon ancien voisin, au *Fouquet's*. J'y déjeunais, il y était serveur. Xavier étaient de ceux qui s'étaient moqués de mon père quand les ouvriers avaient construit un bâtiment n'importe comment. Nous nous étions battus, ou plutôt il m'avait écrasé. Je tenais ma revanche : qui était le plus fort de nous deux maintenant ? Avec les collègues, nous fêtions ma promotion. Dans trois mois, j'allais quitter la France pour les États-Unis, mon bureau à New York aurait vue sur le World Trade Center. George-Alan a voulu m'inviter, j'ai insisté pour payer devant Xavier, à qui j'ai laissé un pourboire indécent. Bien que je préfère d'autres restaurants, plus près du bureau, je retourne au moins une fois par semaine au *Fouquet's* pour narguer Xavier. À l'époque, il exhibait ses muscles saillants qui moulaient ses tee-shirts, je montre désormais les miens, sous forme de billets dans mon portefeuille.

Ce jeudi 20 janvier, le CAC 40 émarge à plus de 6 000 points et tutoie son record. En sortant du bureau, je ne sens ni le froid ni la pluie : à l'image de la Bourse, je suis irréfrénable. Avec les collègues, nous allons célébrer je ne sais plus quoi. Tous les jours, une bonne nouvelle en chasse une autre. Au mépris des règles de déontologie, nous « spielons » sur les marchés. En allemand, « spiel » signifie « jeu » et grâce à ces tours de passe-passe sous le manteau, nous doublons, triplons nos salaires déjà juteux. On se répète que les cours sont délirants mais puisque le monde marche sur la tête, nous en faisons autant. George-Alan nous a donné rendez-vous au *VIP* et il a précisé « venez en short ». J'ai cru qu'il plaisantait mais je le retrouve avec le short le plus bariolé et le plus ridicule qui soit. Je n'ai pas encore intégré qu'on fait les choses parce qu'on peut les faire et non parce qu'elles ont un sens.

— T'es pas drôle, Malik.

John, Wanda, Edith, Douglas, Simon, Virginia l'ont, eux, pris au premier degré, je suis le seul habillé normalement quand nous passons devant la file d'attente des losers. Je reconnais la dégaine de certains d'entre eux : moi, il y a quelques années. Je me souviens d'un samedi au *Duplex*. J'avais poireauté trois bonnes heures devant. Seul, c'était déjà difficile de rentrer dans une discothèque à la mode. J'étais venu en bande avec des potes, précipitant l'échec programmé de cette expédition nocturne. Nous avions vu grand, car tant qu'à se faire refouler, autant l'être dans un endroit à la mode plutôt que dans un club de troisième zone qui appliquait les mêmes critères d'exclusion. Ça valait mieux pour nos ego. Pour une fois, le videur ne nous avait pas opposé un non définitif, il s'était fendu d'un « peut-être plus tard » qui nous avait tenus en haleine. Le « non » définitif était intervenu vers une heure du matin, après le départ du dernier RER pour la banlieue. Il nous avait alors fallu prendre un de ces interminables bus de nuit pour rentrer.

Nous sommes un jour de semaine, la soirée est morne. Elle s'animera avec l'arrivée des vrais *clubeurs*, vers trois heures ou quatre heures du matin. Ils en seront à leur deuxième ou troisième *after*. Je n'ai pas l'endurance de mes collègues car je refuse de prendre les mêmes substances qu'eux. Combien de fois ai-je entendu « T'es pas drôle, Malik » ? Je me prends encore la remarque de Nancy, qui me surprend en train de filer à l'anglaise. La pluie a redoublé, j'hésite à retourner à l'intérieur et puis non, je suis fatigué et la station de taxi n'est qu'à quelques mètres. À peine ai-je pris mon élan qu'une main me retient par l'épaule. On me prend à partie :

— Ton fric, tout de suite !

Sûrement un type à qui l'alcool est monté à la tête, ce n'est pas la première fois. Je veux poursuivre mon chemin, mais il s'agrippe.

— Ton fric, je t'ai dit !

Je me retourne et je reconnais l'un des types qui nous dévisageait tout à l'heure dans la file, quand mes collègues et moi la remontions triomphalement en short. Deux de ses acolytes m'encerclent. Je ne sais pas me battre et ne peux, comme à mon habitude, me carapater : je suis cerné.

— Wesh, vous pouvez pas me faire ça, je viens de banlieue, moi aussi, j'argumente lamentablement, en exagérant l'accent des quartiers que je n'ai jamais eu.

— Qu'est-ce que j'en ai à foutre, de ta vie ? me coupe le type.

Il m'envoie un direct à l'estomac qui me plie en deux. Son pote m'arrache mon imperméable et je ne me défends même pas. Il me met une claque, puis une autre.

— C'est bon, vous avez ce que vous voulez, je baragouine.

— Tu crois ? me lance le type.

— Tu fais moins le malin, hein ? renchérit celui qui tient mon imperméable dans sa main.

— Et si on lui prenait aussi ses chaussures et son pantalon ? Il serait en short, lui aussi. T'as un caleçon, au moins ? intervient le troisième larron.

— Putain les gars… j'implore.

Je n'entends pas le reste, une pluie de coups s'abat sur moi, je me jette au sol en position du fœtus et ferme les yeux. Ce n'est qu'un mauvais moment à passer, il faut serrer les dents. Je repense à toutes mes « bagarres » d'antan : elles ressemblaient à celle-ci. Très vite, je ne sens rien. Soit mon corps s'est déjà habitué aux coups, soit mes agresseurs se sont lassés.

— Lève-toi, petit Malik !

Ces personnes peuvent facilement savoir mon prénom, mon portefeuille est dans ma poche intérieure, mais pas mon surnom, connu de ma seule famille et du quartier... Je dégage lentement mes mains de mon visage. Xavier, le serveur du *Fouquet's*, s'adresse à moi.

— T'inquiète, ils ne sont plus là, je les ai fait fuir. Désolé, j'ai pas pu rattraper le gars avec ton manteau mais j'ai tes chaussures. Ça va aller ?

Il me tend la main pour me relever. J'ai honte. À travers Xavier, le quartier me regarde. Il devine ma crainte.

— Je dirai rien à personne. Ils ont pas eu le temps de t'amocher, contrairement à l'époque, tu te souviens ?

Xavier me rappelle une vieille baston. S'il croit que ça va me changer les idées... Je tâte mes jambes pour savoir si j'ai toujours mon pantalon sur moi. Ouf, ils ne l'ont pas retiré ! En revanche, mes papiers, mon argent et surtout les clés de mon appartement étaient dans mes poches. Qu'est-ce que je vais faire ce soir ? Je marmonne sans m'en rendre compte et Xavier me propose de m'héberger.

— T'es sûr ?

— Oui, mais faut voir si tu veux laisser ton appart, ces petits cons ont tes clés et ton adresse.

Je hausse les épaules d'indifférence. Et alors ? Qu'y a-t-il de si important, dans ce F3 surchargé d'objets inutiles ? Je ne vois que quelques livres, que je pourrai racheter en librairie.

— Très bien, Malik. Attention, faut pas que tu te sois trop habitué au luxe, mon studio va te paraître petit.

— Arrête tes conneries, tu sais où j'ai grandi...

— Je suis aussi aux premières loges pour voir où tu manges.

Xavier me soutient pendant quelques mètres avant de me lâcher. Il me raconte qu'il était en train de s'acheter des clopes au moment où il a surpris mon tabassage. Il a hésité à intervenir.

— Tu crois que j'ai pas vu ton petit jeu, avec tes gros sous et ton regard de haut ? Mais bon, je pouvais pas laisser un gars du quartier en galère.

Je me prends un deuxième direct à l'estomac, sans que le moindre coup n'ait été porté. Cet homme me donne une leçon. De nous deux, qui est le plus fort ? Je n'ai pas le temps de m'appesantir, Xavier m'invite à courir. Le dernier train de banlieue ne nous attendra pas et il se souvient que j'avais de bonnes jambes au collège. On fait la course, et on arrive tout juste à monter dans le métro qui nous conduira jusqu'à la gare de Lyon quelques secondes avant le départ du RER D.

— Ça va, t'as pas perdu tes jambes, me félicite Xavier.

On échange sur nos vies. Je lui parle de mon métier, auquel il ne comprend rien. Je lui assure que moi non plus et il rigole. Aucun second degré pourtant. Le regard de mes trois agresseurs puis la main de Xavier qui m'a relevé ont fait naître une question que je ne me posais pas : pourquoi je fais ce travail ? Il me parle de ses dernières vacances au camping à La Tranche-sur-Mer. Rien que le nom aurait fait rire George-Alan et la clique. Qui sommes-nous pour moquer des gens comme Xavier ? Avant de fréquenter Ibiza et Cannes, j'allais en colonie à Langrune-sur-Mer et ce n'était pas si mal. À la station Villeneuve-Saint-Georges, je suis encore un peu secoué. Xavier rabâche le passé et m'avoue qu'il m'avait volé mon cartable en 4e. Je m'en souviens comme si c'était hier, j'avais mes cours et mon carnet où je consignais les idées qui me passaient par la tête.

— Tu vois pourquoi je me sentais obligé d'intervenir tout à l'heure, je te devais quelque chose, s'amuse Xavier.

— Petit salopard ! je lui gueule en serrant mon poing faussement menaçant.

— N'empêche, j'avais lu ce que tu avais écrit dans ton carnet…

— Laisse tomber, j'étais qu'un gamin.

— Dis pas ça, c'était pas mal du tout.

— Arrête de te foutre de moi.

— Je suis sérieux. J'avais bien aimé cette histoire d'ado accusé de terrorisme.

— Tu t'en souviens ?

— Tu parles, je l'ai même gardée.

— Vraiment ?

— Nan, je déconne !

Xavier est traversé d'un fou rire contagieux. Je hoquette comme un gamin. Depuis combien de temps n'ai-je pas connu un vrai moment d'insouciance ? Je l'apprécierais davantage si je n'avais si froid. Sans mon imperméable, je suis transi. Les rues sont désertes, la pluie s'est calmée. Il est une heure quarante et nous sommes surpris de découvrir l'enseigne d'un kebab encore ouvert.

— C'est marrant, je le connaissais pas celui-là, s'étonne Xavier, qui m'invite à le suivre.

— Je ne suis pas fan de cette bouffe-là.

— Et tu me dis que tu n'as pas changé ?

— En vérité, je peux rien acheter, les enfoirés de tout à l'heure ont pris tout mon argent.

— C'est moi qui régale.

— Je veux pas abuser.

— Avec tous les pourliches que tu m'as filés, j'ai les moyens !

Xavier doit être le dernier homme sur terre à utiliser cette expression, « pourliches ». Je me moque de son côté vieillot, il répond à côté de la plaque.

— Kader ?

Je me demande s'il a toute sa tête, puis je découvre mon frère, en tablier, qui tient la seule gargote encore ouverte à Villeneuve-Saint-Georges.

— C'est une réunion de famille, ma parole !

Xavier lance une boutade, qui n'efface pas la gêne sur le visage de mon frère. Son sourire s'est décomposé dès qu'il m'a vu. Une seconde après, il reprend contenance, et nous demande le plus naturellement du monde ce que nous souhaitons commander. Il est plus à l'aise que moi, je bredouille. J'ai toujours envié cette capacité de mon frère à aller au-devant de ce qu'il craint, quand moi je fuis. Pour preuve, je mange le plus vite possible et déguerpis.

Trois jours plus tard, nous nous réunissons pour le traditionnel couscous du dimanche en famille. Depuis l'ouverture de sa sandwicherie, Kader n'y assiste plus. Cette fois, il a fermé exceptionnellement pour tout me raconter de son choix de devenir chef d'entreprise, il n'en est qu'au début d'une chaîne qui fleurira, me jure-t-il. Sa conviction force mon admiration. Il croit en ce qu'il fait et il se donne les moyens de réaliser son projet. Le but ultime de Kader est de devenir rentier avant ses quarante ans. Il en a trente et n'a pas de temps à perdre. Kader travaille tous les jours de dix-neuf heures à deux heures du matin. Il peut rester jusqu'à trois heures du matin certains week-ends dans l'espoir que des jeunes traîneront, l'estomac vide. Ce n'est pas facile, la clientèle met du temps à se développer. La concurrence est féroce, sa détermination est le seul moyen dont il dispose pour se distinguer. Il fait donc en sorte de se démultiplier. Il épargne du temps présent pour s'offrir du temps futur. Un drôle de pari quand on voit où cela a mené nos parents.

Le soir, en rentrant chez moi, cette conversation tourne en boucle dans ma tête. Je repense à une anecdote que m'avait racontée mon père. Enfant, sa mère lui interdisait de manger le pain frais pour le conserver. Il fallait finir le pain rassis et pendant ce temps, le pain frais devenait rassis pour être consommé le lendemain. On se passait du meilleur tout de suite pour manger du médiocre après, perpétuant ainsi le mauvais goût. La première chose que mon père a faite en venant en France, c'est de se goinfrer de pain frais. Je ne veux pas être cet homme qui passe sa vie à attendre le bon moment pour faire le bon choix. Une idée me vient alors : l'histoire que m'a rappelée Xavier, je vais l'écrire. Celle d'un garçon qui tombe par erreur pour trafic de drogue. Je vais me donner les moyens de mon ambition, comme mon frère. Je pourrais me donner deux ans pour amasser un maximum d'argent avant de décrocher, mais je sais que ce serait un piège. Combien de fois ai-je entendu un trader jurer que c'était son dernier gros coup avant de replonger parce qu'il faut bien mettre de l'essence dans sa grosse voiture ?

Le lundi 24 janvier, j'achète une baguette de pain frais et la mange entièrement, en pensant à mon père. Je ne prends pleinement conscience de ce que je vais faire qu'au moment de poser ma démission. George-Alan est persuadé que je pars pour un concurrent et me demande l'augmentation que j'ai obtenue pour négocier au mieux son salaire. Nous ne parlons plus la même langue, pas plus que celle de Mike, mon patron. Dans la finance, les usages veulent que l'on quitte les lieux aussitôt l'annonce de son départ. Mike me force à prendre mes trois mois de préavis obligatoires, pendant lesquels je vis de l'intérieur l'explosion de la bulle Internet. La réalité a rattrapé ces valeurs dont on pensait qu'elles échapperaient aux lois du marché. Je n'ai rien à faire, mais je dois purger jusqu'au bout ma punition d'avoir voulu partir de moi-même. Mike exerce son pouvoir et moi, je traîne de poste en poste pour parler aux uns et aux autres. Depuis ma visite médicale obligatoire, je fréquente de plus en plus souvent la médecin du travail, une certaine Kahina, à qui j'ai raconté les vraies raisons de mon départ. Elle est la seule à qui j'ai fait cet aveu. Elle me trouve courageux et me parle de son amour des lettres. Je déjeune avec elle quand je reçois un message de mon frère Kader : *« Urgent, tu peux venir à Villeneuve ? »* Je rapplique le soir et Kader m'explique qu'il a besoin de moi. Son affaire est un gouffre, il va devoir mettre la clé sous la porte. À moins qu'une bonne âme veuille bien lui prêter de l'argent. Il termine par *« Aide-moi »*. Je connais Kader, sa fierté, je sais combien il doit lui être pénible de me demander cela. Je suis coincé : soit je me lance sérieusement dans l'écriture et j'aurai moi-même besoin d'un filet de sécurité, soit je lui avance la somme qu'il demande et je devrai replonger dans la Bourse. S'il n'y avait pas Kahina dans l'équation, je serais prêt à faire ce sacrifice, mais elle tombe bien et mal à la fois. Je ne dévoile pas mon tiraillement à Kader, qui ne sait rien de ma vie, comme je ne connais rien de la sienne. Pour lui, je suis le type aux costumes hors de prix à qui tout réussit. Il me demande de répéter quand je lui dis que non, je ne pourrai pas l'aider. Il ne me reprochera jamais cette décision. Notre éloignement se fera dans le silence, un mode de défense installé depuis longtemps chez les Asraoui.

Algérie, vacances scolaires 1976

Ce sont les premières vacances au bled pour la famille Asraoui. Mohand a insisté pour que tout le monde vienne à Beni Achache. L'expédition se fait à onze, les neuf enfants et les parents. Ils ont devancé de quelques jours la fin d'année scolaire pour éviter les tarifs prohibitifs du bateau pour Alger pendant les vacances. Fatima était contre, selon elle, l'école devait passer avant tout. Mohand avait insisté : de toute façon, ça ne changera rien, avait-il répliqué sur un ton désinvolte qui ne lui ressemblait pas. Les enfants en âge de protester étaient encore moins enthousiastes que leur mère, pour des raisons différentes. Dihya savait qu'en Algérie, elle devrait se muer en femme d'intérieur à plein temps, quant à Sofiane, il avait rencontré une fille, Catherine, qui avait éveillé son intérêt pour le collège. Il avait cru trouver une parade pour rester à Grigny : le cancre devait absolument finir le trimestre sinon il risquait de redoubler. Sa stratégie était de cumuler les zéros pour valider la thèse de sa nullité. La ficelle était trop grosse, y compris pour les profs. Désespéré, il avait demandé l'asile à l'oncle Yacine mais ses arguments avaient tous échoué.

L'aîné de la famille ravale sa déception en chargeant la Renault 8. Mohand se targue d'avoir été l'un des fabricants du modèle, à l'usine de Flins. Il claironne « fabricant » rempli de la fierté d'un homme persuadé qu'il a participé à une aventure plus grande que lui. Lui, l'ouvrier non qualifié, avait eu droit à un prêt avantageux dans les années 60 pour s'offrir ce petit bijou dont le moteur vrombissait dans le coffre arrière. Les nouveaux modèles, avec le moteur à l'avant, ont envahi les routes sous les moqueries de Mohand. « C'est une mode, ça ne durera pas », ironisait-il au moment de leur mise en circulation. Et puis quoi encore, bientôt on mettrait les pneus sur le toit ?

Le départ est une aventure. Il a fallu réquisitionner deux autres véhicules d'amis en partance pour l'Algérie. Fatima doit se serrer comme les autres, bien qu'elle soit enceinte de cinq mois. Son ventre s'arrondit peu au début de ses grossesses, en général les formes apparaissent à partir du septième mois, les Asraoui seront alors revenus en France. Les bagages occupent la majorité de l'espace, Mohand a insisté pour emporter des objets superflus. Qu'est-ce qui lui prend de s'embarrasser de casseroles et de poêles ? Fatima pense que ce sont des cadeaux pour la famille. Si elle connaissait les intentions de son mari, elle ne monterait pas avec lui ce samedi 19 juin 1976. L'accolade trop longue de Mohand à Gérard, ses poches remplies de trop de billets devraient alerter Fatima, tout comme les largesses de son mari pendant ces deux mois interminables.

La canicule qui frappe la France embrase Beni Achache. Les journées se résument à des marches dans le village au petit matin, sous les protestations de Sofiane, gros dormeur, dont seuls les rêves le rapprochent de Catherine. Dès onze heures, toute activité extérieure est impossible et commence alors la tournée des oncles, tantes, cousins, cousines, amis, amis d'amis, amis d'amis d'amis... Les rencontres se passent invariablement autour d'un thé et de gâteaux, les conversations consistent à demander des nouvelles de ceux qu'on a vus la veille ou qu'on verra le lendemain. Les enfants, qui ne parlent ni arabe ni tamazight, s'ennuient à mourir. Ils devinent simplement qu'on parle d'eux quand on prononce leur prénom.

Un jour fait exception : celui où Mohand propose à Sofiane et à Dihya de les amener à la clairière où il s'isolait avec Fatima avant leur mariage. Les deux grands sont les seuls en âge de supporter la longue marche. Sofiane, qui se tord tous les jours de douleur pour simuler une maladie qui l'exempterait des visites familiales, est le premier levé. Exceptionnellement, c'est lui qui secoue Dihya pour la tirer du sommeil. Fatima refuse de les accompagner. Elle prétexte une grosse fatigue. Elle trouve toujours une excuse pour fuir les pèlerinages vers les lieux de leur passé. À la clairière, Mohand retrouve ses accents de conteur. Il s'attarde sur la journée où Fatima a trouvé la carte postale de la tour Eiffel, le rameau d'olivier avec lequel elle dessinait au sol, sa façon de dégager ses cheveux longs de son visage. Il se souvient des moindres détails ou il les invente, on ne sait jamais avec lui. Il peut décrire les vêtements, les expressions de visage, la météo, les paysages, les odeurs de la montagne… Sofiane s'imagine en son père et Catherine à la place de sa mère. Sa rêverie est interrompue par Dihya, la pragmatique. Elle n'est pas encore la médecin que tout le monde projette en elle, mais elle s'inquiète des risques d'insolation, le soleil commence à taper fort. Elle a raison, il est temps de rentrer mais Sofiane traîne des pieds pour prolonger le plaisir. À leur retour au village, il est tout excité de partager avec Fatima ses impressions sur cette matinée où ils ont remonté le temps, avant leur naissance. Mais ce n'est pas le moment, elle doit préparer des cadeaux pour la énième visite prévue l'après-midi. Épuisée pour les accompagner à la montagne, elle se démène désormais, et quand Sofiane le lui signifie, elle s'emporte en tamazight puis se mure dans le silence.

Le même mutisme, plus pesant, plus long, succédera à la surprise que lui a réservée Mohand. Guilleret, il lui annonce que le retour au pays, censé être des vacances, est définitif. Fatima ne croit pas cette énormité, le côté facétieux de son mari s'est réveillé au village. Ça ne peut être qu'une blague. Sinon, comment aurait-il pu être aussi égoïste ? Aveuglé par son bonheur, il a réussi à se persuader qu'il serait général. Quant aux enfants, il a bien remarqué qu'ils maugréaient, mais ils s'y feront, tu verras. Mohand explique qu'il a gagné un pactole rondelet en échange de sa carte de séjour et celle de sa femme, une de ces magouilles qui lui ont permis de joindre les deux bouts lors de fins de mois difficiles. Il s'embrouille dans ses explications, bute sur des mots. Pendant qu'il débite son exposé longuement révisé, les visages se décomposent. Sofiane pleure. Dihya pleure. Kader pleure. Une cascade de dominos. Bientôt, tous les enfants s'effondrent. Fatima, elle, se fige. Face à leurs réactions, Mohand réalise l'ampleur de son erreur. Mais c'est trop tard. Admettons qu'il puisse récupérer les cartes de séjour, il faudrait qu'il rembourse la somme qu'il a largement entamée en cadeaux.

À chaque visite familiale, il se présente les mains remplies. Comment sortir de cette impasse ?

Fatima est soudain secouée par des contractions. Elle, qui est allée au terme de toutes ses grossesses, a un mois et demi d'avance. Elle essaie d'abord de cacher sa douleur mais le travail a déjà commencé. Pas le temps d'aller à l'hôpital, il faut chercher une de ces accoucheuses du village. Avant qu'elle n'arrive, la tête du bébé est apparue, bleue, trop bleue, car le cordon ombilical l'étrangle. L'accoucheuse n'a en fait jamais pratiqué aucune intervention et panique. Elle répète en boucle que ce n'est pas sa faute, ce n'est pas sa faute. Puis elle annonce que le bébé va mourir, qu'il est déjà mort et aussitôt qu'elle a prononcé cette phrase, Fatima lui demande froidement de couper le cordon ombilical ou elle va le faire elle-même. Elle s'exécute mais le bébé ne respire pas. La tristesse s'abat sur la pièce, Mohand, à l'écart avec les hommes, sent qu'il se déroule quelque chose de dramatique, et qu'il en est responsable. Fatima, elle, n'abandonne pas. Elle tapote les joues du bébé, ses fesses, son ventre. Elle marmonne en tamazight : tu es une guerrière Kahina, et tout le monde admire cet acharnement et plaint sa vanité. Un murmure, puis un gémissement, un cri. La vie. La petite Kahina pleure de toutes ses forces, les femmes font des youyous, Mohand déroge à la tradition qui veut que les hommes restent entre eux. C'est lui qui remarque que Kahina est un garçon. Fatima prononce alors son seul mot : Idir. Ça signifie « il vivra » en tamazight, le prénom qu'elle a choisi pour le nouveau-né.

La vie, têtue, reprend son cours. Il faut supporter les conséquences de l'erreur de Mohand et le silence de Fatima. Rien n'y fait, elle ne parle plus du tout. L'année scolaire commence, Sofiane et Dihya sont désespérés. Leurs frères et sœurs sont trop jeunes pour réaliser ce qui se passe. Kader prétendra qu'il en garde des souvenirs, mais on ne sait jamais avec lui, si sa mémoire est étonnante ou s'il s'agit d'une histoire qu'il se raconte pour alimenter sa soif de revanche. Ils détestent tous leur père d'avoir fait ce choix désastreux, leur mère démissionnaire, sans compter le petit dernier qui aggrave leur situation. Idir est fragile. Sous surveillance constante de Fatima, il est un fardeau pour les enfants. À cause de lui, tout espoir de retour en France est éteint. Né en Algérie, il n'est plus éligible à la naturalisation automatique liée au droit du sol.

La rentrée des classes de Sofiane et Dihya ressemble à leur toute première, à la maternelle. Hystériques, ils se roulent par terre pour ne pas y aller. C'est un cauchemar. Mais le pire est à venir, ils se font martyriser par leurs camarades qui se vengent de ces immigrés de France vus comme des déserteurs. De cet épisode qui a duré trois mois, est née leur résolution de se dépasser à l'école, s'ils avaient un jour la chance de revenir en France. Tous les enfants ont vu leur destin changé. Jusque-là, ils étaient des élèves moyens, indifférents au rêve de leurs parents qui les imaginaient avocats et médecins.

Après deux mois à se taper la tête contre les murs, Mohand trouve une combine pour rapatrier les enfants les uns après les autres. Gérard et ses camarades du parti communiste activent leurs réseaux. Ils jurent que si Marchais était président, Mohand serait déjà en train de jouer aux dames avec Gérard ! Le meilleur ami de Mohand s'enorgueillit de ressusciter l'esprit du parti des Résistants. Il utilise des nouveaux mots, « filière », « contrebande »... Mohand doit vendre sa R8 pour financer les voyages de ses enfants et épuise la caisse commune prévue pour son enterrement en Algérie. Gérard accueille chez lui Sofiane, le premier arrivé en France, et, peu à peu, les Asraoui sont éparpillés dans la famille élargie. Pour Idir, on verra plus tard. Pendant ces quelques mois sous le même toit, Sofiane et Étienne deviennent de véritables frères. Dihya est chez son oncle paternel, Yacine, quand son fils décède. Le petit Malik n'avait que deux ans, il était en parfaite santé et a été fauché par une mort subite. Mohand a alors une de ces inspirations qui en font un génie aux dames. Il faut jouer le coup avant que Yacine ne déclare la mort de son fils : il appelle son frère et lui propose d'échanger l'identité d'Idir avec celle de Malik. Long silence au téléphone, un blanc interminable, une respiration plus forte, un raclement de gorge et puis un grognement indéchiffrable. Un oui ou un non ? C'est un oui, arraché à un homme en deuil, qui lui montre ce qu'est l'esprit de famille, celui qu'il défendra coûte que coûte et qu'il inculquera à ses enfants, quitte à leur infliger une bonne claque quand ils le remettront en doute. Malik Asraoui est né le 15 septembre 1974. Les agents de douane algériens s'interrogent sur ce bébé de deux ans qui ressemble à un nourrisson. Un bakchich lève leurs soupçons. En France, un drame national offre une chance inouïe : Jean Gabin vient de mourir. Les agents des douanes ont l'oreille collée à leur radio quand Mohand, Fatima et Malik Asraoui posent le pied en France. Fatima pousse un ouf de soulagement et se remet à parler. Le 15 novembre 1976, Fatima et Mohand tombent dans les bras de Gérard venu les accueillir à l'aéroport Roissy Charles-de-Gaulle. Les Asraoui sont devenus français, ou presque.

Pont Saint-Louis

Tout le monde est redescendu dans la grande salle pour dévorer le troisième service. Plus jeunes, nous n'avons pas toujours mangé à satiété. Il fallait tout partager entre les dix enfants, de là est née une fringale impossible à saturer. Chacun de nous nourrit l'enfant qui a eu faim. Les repas de famille sont des courses à la nourriture. Kader tente de nous raisonner, nous devrions tout de même prendre le temps de déguster les petits-fours de Franchon ! Sa protestation est à peine audible, lui-même a la bouche aussi pleine que les mains. Entre deux grognements, il manque de s'étouffer, et déjà Dihya se précipite pour lui prodiguer les gestes de premier secours. Fausse alerte, il s'adresse à elle :

— C'est quoi, ça ? demande Kader, en déglutissant.

— C'est du saumon, lui répond Dihya, décontenancée.

— Je ne parle pas de la bouffe mais du petit drapeau.

— Tu ne reconnais pas le drapeau français ?

— Pourquoi il est là ?

— C'est toi qui t'es occupé de l'événement, c'est toi qui devrais le savoir. Mais…

Sans attendre que Dihya ait terminé sa phrase, Kader se détourne d'elle. Impossible de comprendre la raison de cet accès d'humeur. Personne ne s'en soucie vraiment, la colère redescend aussi rapidement qu'elle monte chez lui. Il se dirige vers la cuisine, l'épisode semble clos. Mais il revient deux minutes plus tard avec le cuisinier, et prend le serveur à témoin.

— Pourquoi vous avez mis des drapeaux français sur nos petits-fours ?

— Je ne sais pas, monsieur, je ne m'occupe que du service.

— Ni vous ni le cuisinier ni personne ne sait rien dans ce bateau, ma parole !

Le batelier, déjà à cran, intervient à son tour. Il s'agace des mauvaises manières de Kader :

— Puis-je savoir ce qu'il se passe, monsieur ?

— Vous ne devriez pas vous occuper du bateau plutôt que papoter ici ?

— Écoutez monsieur, que vous le vouliez ou non, je suis le capitaine ici, c'est moi qui décide.

— C'est moi qui ai payé !

— Nous avons tous compris que vous avez beaucoup d'argent. Puis-je désormais savoir ce qui vous choque tellement ?

— Déjà, que vous me parliez sur ce ton. C'est bon, il est fini le temps des colonies !

— Je vous parle comme je parlerais à n'importe quel passager et je vous signale que je suis trop jeune pour connaître le temps dont vous me parlez.

— Pourquoi il y a des drapeaux français sur les petits-fours ?

— Ça doit avoir un rapport avec le fait que nous soyons en France…

— Vous êtes un rigolo, vous, mais ce n'est pas une réponse.

— Si vous me laissiez finir ma phrase… Le bleu, le blanc et le rouge, ce sont aussi les couleurs de la marque du traiteur Franchon. Vous ne l'avez jamais remarqué ?

— Non, ils me l'ont bien caché.

— Impossible, c'est en gros sur toutes leurs affiches publicitaires, sur tous leurs écrans publicitaires, sur…

— C'est bon, c'est bon, j'ai compris.

Pris en défaut, Kader abrège la conversation. Le batelier reparti dans sa cabine, mon frère rumine. Il disparaît cinq minutes puis revient avec une lueur de satisfaction dans les yeux. Il se saisit de son téléphone et parle haut et fort pour être entendu de tous. Il s'adresse à Matthieu d'Uzès, son avocat d'affaires, qu'il a choisi pour son nom à particule. Il aime employer des aristocrates, les tutoyer, les rudoyer, les interrompre en plein week-end. Il inverse le rapport de domination qu'il a toujours connu, celui où le bourgeois écrase le pauvre, celui où le Français dirige le descendant d'immigrés. Matthieu d'Uzès, dont les ancêtres ont régné sur des provinces au XVIIe siècle, répond illico. En fond sonore, le bruit des vagues : même en voyage, on ne fait pas attendre un client comme Monsieur Asraoui.

— Matthieu, j'ai du boulot pour toi. Tu connais Franchon ?

— Le traiteur ?

— Oui, c'est ça. Vois s'il est possible que je rachète la boîte.

— Monsieur Asraoui, vous êtes sûr que…

— Matthieu, je n'ai pas demandé ton avis, je veux que tu te renseignes le plus vite possible. N'oublie pas que je te paie deux fois plus le week-end, si j'ai les informations lundi à mon bureau, tu vas pouvoir payer un week-end en Australie à ta famille. Non, je te l'offre en plus de tes honoraires si tu me trouves une solution.

— D'accord.

Kader a mis son BlackBerry sur haut-parleur. Il n'a évidemment pas les moyens de racheter Franchon, il voulait juste que l'on assiste à sa piètre démonstration de force. C'est un transfuge de classe et de race, aime-t-il à claironner, fier de provoquer par ses attitudes et son verbe. Il nous regarde tous avec un sourire narquois, le même qu'il arborait le jour où il avait rapporté, vainqueur, une nouvelle télévision à la maison.

Grigny, 3 décembre 1983

Le martèlement fait trembler la porte de l'appartement. Probablement un voisin survolté qui vient parler de l'événement qui excite le quartier : le nouveau clip de Michael Jackson va passer dans « Champs-Élysées », l'émission de Michel Drucker. La génération d'avant a vu les premiers pas de l'homme sur la Lune, nous verrons *Thriller*. Toute la semaine, la température est montée, on se téléphone mais comme les communications sont chères, on se voit pour en discuter, conjecturer sur le nouvel accessoire qu'il faudra à tout prix porter le lendemain. Kader avait été le premier à imiter le gant blanc serti de diamants de Michael Jackson dans *Billie Jean*, un faux grossier qui l'avait mis au centre de toutes les attentions. Il s'était fait la coupe curly avec les boucles tombantes sur le front, et il avait maquillé ses vieilles chaussures en Weston bicolores avec du cirage et de la peinture. En prévision de ce samedi soir, il a ressemblé tous les tissus, tout ce qui traîne pour se confectionner n'importe quel vêtement en un temps record. Il est prêt, fin prêt. Kader allume fébrilement la télévision chaque fois qu'il va dans le salon. C'est un vieux modèle, il ne faudrait pas qu'il lâche. La veille, pour faire chauffer la bécane fatiguée, il a regardé *Le Parrain* au magnétoscope. Les parents n'autorisent pas leur progéniture à regarder des films de gangsters. Le film a donc fait son effet. Dès l'ouverture, Kader s'est mis à imiter la voix cassée et les mimiques de Marlon Brando en train de se flatter la joue. Pendant trois heures, il en a même oublié Michael.

L'homme sur le seuil de l'appartement est un inconnu. Il porte un costume aussi terne que son teint. Il demande à Kader si ses parents sont là. Dans ce cas, la consigne est claire : dire non et parler à leur place. Les enfants Asraoui comprennent mieux le français, ils s'occupent de toute la paperasserie, ce qui est bien pratique lorsqu'il s'agit de signer son propre bulletin scolaire ou des mots d'absence. Normalement, Kader devrait appeler Dihya mais il a un mauvais pressentiment. Cet homme a quelque chose de pas franc dans le regard, il ressemble vaguement au croque-mort de Lucky Luke. Il se présente enfin, il est huissier de justice. Il laisse traîner les *s* comme un serpent qui siffle sur sa tête. L'augure de Kader se précise. Le croque-mort annonce qu'une facture impayée l'oblige à effectuer une saisie conservatoire sur le mobilier. Dihya, puis son père sont apparus derrière lui. Ils promettent qu'ils vont régler la facture le plus vite possible, que ce n'est qu'un contretemps comme il en est arrivé des dizaines. Ce à quoi l'huissier répond « justement ». La discussion se poursuit, Dihya explique que son père vient de perdre son travail à l'usine mais que… Pas le temps de finir que l'huissier répète : justement. Elle s'enfonce, Mohand entre dans cette catégorie d'âge où le chômage s'accompagne de la sentence impitoyable « longue durée ». Dans le langage des banquiers, cette situation le relègue dans la liste noire des insolvables.

Sentant le vent tourner, Kader se précipite vers le salon pendant la plaidoirie maladroite de Dihya, beaucoup trop honnête pour emporter la décision. Ce n'est qu'une question de minutes avant que l'huissier fonde sur le mobilier. Il peut tout prendre, le canapé, la table de la cuisine, le lave-linge, son lit même, mais pas la télévision. Il va la cacher. Il a à peine débranché la télé que la silhouette du croque-mort se dessine devant la porte. La tentative désespérée de Kader ne fait que faciliter sa tâche, il n'a plus qu'à emporter l'engin avec lui. Kader s'interpose, jurant qu'il faudra lui passer sur le corps pour embarquer sa précieuse télé. Mohand le prend au mot en lui assénant une claque. Plus vite ce sera fait, mieux ce sera, le bruit de la honte ne doit pas s'étendre à tout le quartier. Kader n'a d'autre choix que de s'avouer vaincu. Il regarde l'huissier s'éloigner avec la télé sous le crachin qui a postillonné toute la journée. Ça y est, elle est foutue, l'eau va bousiller ses circuits électriques. Il n'aurait pas pu attendre un jour que la pluie cesse ? Qu'est-ce qu'il va en faire, maintenant ? Tout cela ne vise qu'à humilier la famille ? Il en a marre d'être une marionnette. Pour la première fois, il grogne ce mantra qu'il répétera à chaque revers de fortune : « Je vais nous sortir de là, tu vas voir. »

Kader ne pleure pas. Pas son genre. Il est le parrain, il doit prendre sur lui. Le dimanche 4 décembre, alors que les mômes du quartier ont sorti de leur placard tout ce qui ressemble à du rouge et du noir pour reproduire la combinaison à liserés de Michael Jackson dans le clip, Kader est invisible. Idem le lendemain, dans la cour de récré où tout le lycée se défie pour savoir qui maîtrise le mieux la chorégraphie des morts-vivants. Il aurait pu demander à un pote de lui montrer la vidéo au magnétoscope, mais il s'est fait porter pâle pour ne pas revivre la douloureuse humiliation du samedi soir. Il décrète qu'il n'écoutera plus la moindre chanson, ni de Michael Jackson ni d'aucun autre. Au lieu des pas de danse qu'il faisait devant le miroir, il rejoue les scènes du *Parrain* et se rêve en Don Kadero.

Un mois plus tard, Kader débarque triomphalement dans l'appartement avec une télé flambant neuve, plus grande, plus belle. Pressentant le larcin, Mohand le menace d'une nouvelle gifle, mais Kader dégaine des fiches de paie. Il est livreur de pizzas, gagne de l'argent. La télévision n'ira pas dans le salon mais dans sa chambre, qu'il partage avec trois autres de ses frères. Il s'est senti trahi par notre père, mais à nous, il nous permet de la regarder quand on le souhaite. Il comprend que le pouvoir ne dépend pas seulement de ce qu'on a, mais aussi et surtout de ce que les autres n'ont pas. Si le parrain jouit d'une telle influence, c'est qu'il s'est arrogé un droit exclusif dans son territoire, et décide avec qui il le partage.

L'indépendance financière devient dès lors une obsession pour Kader. *Pour nous sortir de là.* L'argent est la promesse de la liberté. Au grand dam des parents, il renonce aux études longues auxquelles son intelligence le destinait. Il lui faut brillamment plaider sa cause pour les convaincre qu'il ne sera pas avocat, son talent oratoire attise encore plus leurs regrets. Son premier travail, il le trouve dans l'usine de notre père, mi-triste, mi-fier de le pistonner. Les ouvriers y répètent les mêmes gestes en cadence. La position sur la chaîne est déterminée par l'ancienneté. Le dernier arrivé est le dernier maillon. Chacun son rang dans la hiérarchie. Quand les patrons apprennent que Kader sait lire, ils le passent illico en première ligne puis, l'après-midi, il devient contremaître parce qu'il connaît les tables de multiplication. En moins d'une heure, il est devenu le chef de son père, en une journée, le chef du chef de son chef. Après une journée harassante à l'usine, les ouvriers vont prier à la « mosquée », à savoir une cave au pied d'un immeuble. Les chibanis se satisfont de ce local attribué par la mairie avant l'élection municipale de 1983. Kader voit en accéléré tout ce qu'il ne veut pas devenir, un subordonné à la volonté d'autrui, du travail jusque dans l'exercice de la foi. Il présente théâtralement sa démission le lendemain. Il jure à son père qu'il va le sortir de là et pour y parvenir, il prendra désormais le contre-pied de ce que ses parents lui ont enseigné. Il ne faut pas se faire remarquer ? Il ouvre grand et fort sa bouche. Il ne faut pas se mêler des affaires des autres ? Il intervient à chaque litige. Il ne faut pas répondre aux provocations ? Il est impliqué dans la moitié des bagarres du quartier.

Quand notre père meurt, Kader a échoué dans sa mission. Il ne l'a sorti de rien. Quand Sofiane quitte la maison un an plus tard, il reporte sa promesse sur nous. Puisque l'aîné a choisi de faire sa vie de son côté, il va prendre le relais. Kader multiplie les travaux manuels, il est détesté de ses collègues, tout autant que de ses chefs qui ont horreur de son zèle. Un dimanche, l'un de ses patrons le surprend en train de repeindre les murs écaillés de son enseigne. Il aura beau expliquer qu'il ne demande pas à être payé pour ces heures supplémentaires, qu'il agit simplement par conscience professionnelle, il est viré sur-le-champ. Le garde-chiourme le soupçonne de vouloir prendre sa place et Kader comprend alors que son heure est venue. Il a suffisamment pris son élan, il est temps de se lancer.

Il lui faut encore ronger son frein quand les banquiers le snobent. Même camouflet pour ses demandes d'aide à la création d'entreprise, accueillies au mieux par des sourires moqueurs. Ces humiliations démultiplient sa volonté farouche. Si c'est comme ça, il va se débrouiller seul. Il nous jure qu'il est sur un gros coup, sans plus de précisions. Il vide son compte en banque et ouvre une sandwicherie kebab. Rien de révolutionnaire au *Don Kadero's*, le nom qu'il donne à l'enseigne, sauf les horaires à rallonge qu'il assure seul. Quand il me demande mon aide, c'est un non de plus qui s'ajoute à une longue liste de refus. Celui-là, il ne s'y attendait pas, parce qu'il vient de son propre camp. Kader change alors de mot d'ordre. « Je vais nous sortir de là » devient « je vais *me* sortir de là ».

Lorsque Kader, revanchard, raconte cette histoire en famille, il me regarde sans rien dire de mon refus ni du changement qu'il a provoqué chez lui. Puis il parle de sa chance, en fixant Taslima, sa femme. Quelques jours plus tard, la providence se manifeste sous ses traits au milieu d'une de ces nuits où il tarde à fermer. Elle rentre d'une soirée étudiante où elle s'est ennuyée à mourir. Elle passe devant le *Don Kadero's* sans le remarquer, Kader, grisé par la fatigue, la hèle tandis qu'il baisse le rideau de fer : « Je vous offre le sandwich, mademoiselle. » Elle sourit et promet qu'elle repassera le lendemain. Contre toute attente, la jeune femme tient parole. Ce déjeuner est particulier : c'est le dernier jour de la sandwicherie. Kader s'est battu jusqu'à la limite mais le fardeau était trop lourd. Il se félicite que Taslima soit sa dernière cliente et lui glisse plein de sous-entendus qu'il aura plus de temps lors des prochains jours. Mais Taslima ne l'entend pas de cette oreille et lui propose une aide financière, une part d'héritage ayant grossi ses économies. Taslima prétendra qu'elle a vu un signe dans la conjonction des événements. Kader, lui, affirmera qu'elle a été séduite. Orgueilleux, Kader refuse dans un premier temps, il ne veut pas de sa pitié. Elle insiste : c'est un prêt. Kader n'accepte qu'à condition de signer une reconnaissance de dette, augmentée d'un taux d'intérêt exorbitant de 20 %. Taslima le prend pour un fou, il lui réplique que le remboursement décuplera sa motivation. En vérité, ce n'est pas la somme qui le tire vers le haut mais la confiance que la jeune femme place en lui. Elle lui donne des ailes. En quelques mois, son petit commerce devient une affaire florissante. Un an après, il monte en gamme, s'approvisionne dans les meilleures boucheries, diversifie sa carte, agrandit les lieux, en rachète d'autres. Trois ans plus tard, *Don Kadero's* devient une chaîne d'une trentaine de restaurants. Il serait devenu le McDonald's du kebab si l'odeur du graillon incrustée dans ses vêtements ne lui était devenue insupportable. Il ne crache pas sur son métier, mais il vaut mieux que ça. Il revend tout et, avec la fortune amassée, est en mesure de réaliser son rêve : prendre sa retraite avant quarante ans. Mais sur qui exercerait-il son pouvoir à part quelques serveurs au bord de la piscine d'un grand hôtel ? Il se lance alors dans la livraison à domicile, d'abord de nourriture, puis élargit son offre à tout type de services. Il parie sur le développement des applications pour téléphone portable qui vont éliminer les intermédiaires, il rachète des start-up pour verticaliser son offre. Plus son entreprise grossit, plus il épaissit, une boulimie nourrit l'autre. Sa voix s'est enrouée et sa silhouette ressemble à celle de Marlon Brando. Son équipe dirigeante est exclusivement composée de personnes issues de l'immigration. « Chez moi, ce sont les Blancs qui servent les Arabes et les Noirs », s'amuse-t-il, et, fier d'avoir répondu à la consigne de nos parents à l'école, il ajoute : « T'as vu, j'ai fait mieux que les Français. » Il a une télé dans chaque pièce de son hôtel particulier à Paris et aucun huissier, jamais, ne les lui saisira.

Pont Saint-Michel

Je suis seul à l'avant de la péniche. Le bourdonnement de la famille et le vrombissement du moteur couvrent en partie le clapotis des vagues contre la coque. J'adore ce bruit qui me rappelle la mer que j'ai découverte à seize ans, en colonie de vacances. On s'y croirait presque en apercevant, sur les quais, ces gens en maillot de bain qui profitent de l'été indien. La manœuvre de contournement de la péniche autour de l'île Saint-Louis est laborieuse. De la cabine, je devine les éclats de voix du batelier qui se plaint d'avoir trop de monde à bord. Soit il parle seul, soit il s'adresse à quelqu'un dont je n'entends pas la réponse. Je ferme les yeux pour essayer de me concentrer sur le dialogue et en deviner les protagonistes, quand soudain une voix toute proche me transperce les tympans :

— Ah tu es là, petit Malik !

Adam, le fils de Sofiane, s'est faufilé en douce dans mon dos. Même lui m'appelle « petit Malik » alors que j'ai vingt ans de plus que lui. Mes camarades avaient repris ce surnom à l'école. Ils ne savaient pas que j'étais minuscule parce que j'avais deux ans de moins qu'eux. J'avais commencé ma scolarité en CM1 en attendant que je grandisse un peu. Pas suffisamment aux yeux de la maîtresse, tellement inquiète de ma croissance qu'elle avait alerté les services sociaux. Elle me croyait mal nourri. Ma mère en avait été traumatisée. Elle me donnait systématiquement une double ration à chaque repas, espérant que ça allait m'aider à grandir. Tandis qu'elle me préparait un repas supplémentaire en écoutant *A vava inouva* du chanteur Idir, elle m'avait un jour révélé mon vrai prénom et les circonstances dans lesquelles le changement était intervenu. Comme ça, sans transition ni cérémonial, puis elle était passée à autre chose. Elle ne m'en a plus jamais reparlé et m'a toujours appelé Malik ou petit Malik. Je devais avoir quatorze ans, et j'apprenais que j'avais volé l'identité d'un mort. Je compris aussi tout ce que je devais à mon oncle Yacine et pourquoi il refusait de me désigner par mon prénom. Hélas, il était trop tard pour le remercier : à peine retourné en Algérie au début des années 90, il y était décédé, victime de la maladie de son pays natal, la guerre civile, la décennie noire. Cette révélation eut au moins le mérite de me faire grandir : ma poussée de croissance intervint juste après. Enfin je fis l'âge inscrit sur ma carte d'identité. Depuis ce jour, mon processus de vieillissement s'est accéléré et il n'est pas rare qu'on me donne au moins cinq ans de plus que mon âge.

— Mamie s'inquiète pour toi, elle m'a demandé d'aller voir si tout allait bien.

— J'étais juste au téléphone.

Pour justifier mon excuse, je sors mon portable de ma poche. Je découvre plusieurs SMS de Kahina qui me demande si l'anniversaire se passe bien. Elle a commencé par « ça va ? », puis « ça va ? ? » et puis encore « ça va ? ? ? » Je n'ai pas l'habitude de ce mode de communication, je dois me battre avec mon clavier pour faire défiler les lettres jusqu'à la bonne. Il me faut une bonne minute pour écrire « oui ». Deux secondes après, je reçois un nouveau message, « ouf, j'étais inquiète ». Préférant échanger avec elle de vive voix, je demande à Adam de bien vouloir m'excuser pour que je puisse finir la discussion que je n'avais pas vraiment commencée. Il part contre la promesse que je descendrai dans dix minutes. J'appelle Kahina :

— Allô Malik, tu m'appelles en plein anniversaire de ta mère, tu n'as pas honte ?

— Je croyais que tu t'inquiétais.

— Je n'étais pas non plus sur le point de lancer une alerte enlèvement.

Kahina dans toute sa splendeur. Elle provoque une réaction puis se détache une fois obtenu l'effet escompté. Il m'arrive de me demander pourquoi je l'aime et chaque fois, elle me sort une phrase comme :

— Je plaisante, hein, mon chéri. Ça se passe bien ?

— Oui, tout le monde est là.

— Je n'ai pas demandé qui était là, j'ai demandé si ça se passait bien.

— Normal.

— Attention avec tes expressions, tu deviens de plus en plus algérien. Je t'ai connu plus enthousiaste que ça.

— J'ai toujours peur que quelqu'un me surprenne.

— Tu les as informés de...

Kahina hésite. Ma discrétion sur notre relation auprès de ma famille l'horripile. Elle veut un mariage rapide mais flamboyant. Les deux injonctions sont contradictoires, il me faudra à peu près deux siècles pour vendre une quantité suffisante de livres et lui offrir tous les flonflons qu'elle souhaite pour la cérémonie.

— Tu les as informés que tu écrivais un roman ?

— Pardon ?

— Tu écris bien un roman, non ?

Kahina, ma première relectrice, est ironique. Elle sait bien que je m'attendais à ce qu'elle aborde le mariage, le vrai sujet qui fâche.

— Je ne leur en ai pas parlé.

— Non plus ?

— Oui, non plus.

Je tais mon projet d'écriture qui ne susciterait qu'incompréhension ou moqueries. Ils auraient probablement raison, mes frères et sœurs. Il y a deux semaines, j'ai eu un rendez-vous avec un éditeur. M. de Preston aimait beaucoup mon manuscrit, mais trouvait que les émeutes en 2005, c'était un peu dépassé… « On dirait *La Haine* de Kassovitz », avait-il estimé en réservant sa décision pour « très bientôt ». Quatorze jours ont passé, aussi longs que quatorze semaines. Chaque fois que mon téléphone sonne, je me précipite en espérant entendre la voix de M. de Preston. J'ai l'impression de revivre sans cesse le même cycle d'espoir suivi d'immenses déceptions. Plusieurs éditeurs m'ont trouvé talentueux mais leurs déclarations d'amour ont duré jusqu'au pied de l'autel : je n'ai signé aucun contrat. J'ai appris à me méfier des interjections comme « intéressant ! », « formidable ! », « génial ! » L'un d'eux n'avait cessé de me lancer des fleurs pendant un déjeuner au *Lutetia*, le grand hôtel restaurant de Paris, j'en avais failli m'étrangler de plaisir. Puis, plus aucun signe de vie. Je me suis inquiété de sa santé jusqu'à ce que je l'entende à la radio évoquer la rentrée littéraire.

— Ce n'est pas grave, mon chéri. Chaque chose en son temps.

— Oui, je préfère avoir des nouvelles concrètes à annoncer plutôt qu'un rêve à vendre.

— Ta famille croit que tu ne fais rien ?

— Oh tu sais, ce serait pire s'ils savaient la vérité.

— Allez, va les rejoindre maintenant. Je ne veux pas encore te voler à eux, ça viendra bien assez tôt. Et puis tu es en train de te ruiner en forfait !

Kahina n'attend pas que je lui dise au revoir, elle a déjà raccroché. C'est sa manière agaçante de clore nos conversations. J'hésite à rejoindre le reste de la famille. Il reste encore cinq minutes sur les dix qu'Adam m'a accordées. Souhaitant profiter un peu plus longtemps de ma bulle, je mets machinalement le casque posé à côté de moi sur mes oreilles. Les voix d'une femme et d'un homme jouent une espèce de sketch entrecoupé d'anecdotes sur les monuments de Paris. La dénommée Marie affirme que le pont Saint-Michel a été inauguré en 1378 sous le nom de Pont-Neuf. Son époux François objecte, condescendant, que ce n'est pas possible, il ne peut pas y avoir deux Pont-Neuf à Paris. Marie, triomphante, lui cloue le bec en lui révélant que c'est la raison pour laquelle il a été rebaptisé. La fausse scène de ménage entre Marie et François balaie tout l'historique du pont jusqu'à sa dernière reconstruction en 1857. L'Histoire ne s'arrête pas là, mais mes pensées s'évadent… J'entends désormais la voix de mon père. Il allume une cigarette en me faisant promettre de ne rien rapporter à ma mère et commence par : « Tu es en âge de connaître cette histoire maintenant. » C'était quelques semaines avant sa mort, qu'il savait proche.

Pont Saint-Michel, 17 octobre 1961

Mohand a échangé son tour de chaîne avec Robert, un camarade de l'usine Renault de Flins. Ils ont l'habitude, Robert sait que les Algériens sont soumis au couvre-feu, et si Mohand ne rentre pas aux Mureaux avant vingt heures trente, il risque l'emprisonnement. Tous les jours, il doit hâter le pas pour prendre le bus en direction du foyer SONACOTRAL. Mais pas ce soir. Ce que Robert ignore, c'est que ce mardi, le FLN a demandé à tous les Algériens de la région parisienne de manifester contre les mauvais traitements que leur réserve la police du préfet Papon. Les attaques succèdent aux représailles, les représailles aux attaques. On parle de morts dans les commissariats, de plus en plus de morts.

À l'entrée de l'usine, Mohand fixe les photos suspendues aux murs d'Elisabeth II d'Angleterre et celles, plus récentes, de Nikita Khrouchtchev. Les deux dirigeants, accompagnés du grand patron

Pierre Dreyfus, ont visité ce fleuron de l'industrie française. Avec son drôle de chapeau écrasé sur la tête, la jeune reine est aussi pimpante que le premier secrétaire du parti communiste est austère dans son costume et son imperméable. Mohand, embauché il y a six mois, n'a pas assisté aux visites des deux chefs d'État. Il a dû déménager dans cette ville lointaine de Seine-et-Oise où il a troqué un foyer contre un autre. C'est toujours mieux que le bidonville de Nanterre où il était resté un an. Les immenses affiches sont accrochées bien haut, pour que les torses se soulèvent de fierté lorsqu'on pénètre dans ce temple à la pointe de la modernité, où l'on produit les toutes premières Renault 4 qui ont remplacé les vieilles 4 CV dans la chaîne.

Avant de quitter l'usine, un drôle de pressentiment fait frissonner Mohand. Il ne sait pas s'il reviendra demain, alors il salue respectueusement le camarade Nikita qui défend l'indépendance de l'Algérie et tourne le dos à un autre portrait, celui du général de Gaulle. Certes, les négociations sur l'autodétermination de l'Algérie ont commencé à Melun, puis à Évian, puis à Lugrin, mais qu'est-ce qui a changé dans la vie des Algériens de Paris ? Un couvre-feu, avec les conséquences que l'on imagine pour les travailleurs. Les rassemblements à l'appel du FLN visent à lutter contre cette injustice. Son frère Yacine raconte tous les jours la vie parisienne à Mohand. Elle est plus difficile qu'en banlieue, car la concentration policière y est plus grande. Depuis qu'il vit aux Mureaux, Mohand n'a pas mis les pieds dans la capitale. Mais aujourd'hui, « il monte sur Paris », comme disent Robert et les autres gars de l'usine, pour rejoindre Yacine à la gare Saint-Lazare. Ils iront ensuite au rassemblement à Opéra. « Il y aura tellement de monde que ça débordera jusqu'au *Grand Rex*, tu verras, on y joue *Le cave se rebiffe* avec le vieux Gabin », s'était réjoui Yacine la veille, de retour d'une reconnaissance pour savoir où se replier si ça tournait mal. Il avait précisé : « Viens bien habillé, comme si tu allais à un mariage. Les Français doivent voir qu'on est dignes. » Voilà pourquoi Mohand porte un costume, une cravate et des chaussures vernies qui couinent. Dans sa poche intérieure, il a l'enveloppe de cotisation mensuelle au FLN. Aux 20 francs habituels que doit un ouvrier, il a ajouté les 5 francs dus par les femmes musulmanes, une façon de marquer l'engagement de toute sa famille dans la lutte pour l'indépendance. Il arrive à la gare Saint-Lazare à dix-sept heures trente, une heure et demie avant le rendez-vous prévu avec son frère. Il s'empresse de faire un détour par l'église Saint-Augustin, la pluie commence à tomber et il ne voudrait pas salir ses beaux vêtements. Le père Jacques accepte de jouer les écrivains publics pour les immigrés qui souhaitent correspondre avec leur famille. Il rembourse ainsi la dette des catholiques à l'Algérie, plaisante-t-on : saint Augustin, l'un des quatre pères de l'Église latine, était un Berbère né à Souk-Ahras et mort à Annaba. Mohand fait la queue dans la nef, comme des dizaines d'autres personnes dont les trois quarts sont algériens. Chacun a conscience que quelque chose de grave se joue. Une boule enflamme la gorge de Mohand quand arrive son tour au bout d'une heure d'attente. Les mots qu'il veut dire à Fatima ne viennent pas. Il voudrait lui crier qu'il l'aimera, dans ce monde ou dans l'autre. Il avait préparé un conte mais les phrases se mélangent dans sa tête. Un murmure d'impatience sourd jusqu'aux oreilles de l'indécis. *Mon frère, nous aussi on doit y aller, décide-toi !* Mohand se résout à égrener les habituelles platitudes « j'espère que tu vas bien hamdoullah et que cette lettre te trouvera en bonne santé ». Ce sont des mots que le père Jacques a mille fois écrits, les Algériens ont du mal à s'épancher devant un inconnu, aussi bienveillant soit-il. L'homme d'Église reconnaît le parfum que Mohand a apporté pour asperger sa lettre, le fameux vétiver dont raffolent les Parisiennes. Le père Jacques le dissuade, en tant qu'écrivain public, il est le premier témoin des jalousies que cette fantaisie a éveillées de l'autre côté de la Méditerranée.

Quand Mohand arrive gare Saint-Lazare, Yacine est déjà là. Ils se sont donné rendez-vous à côté d'un kiosque. Vu la foule, ils ne sont pas les seuls à avoir eu cette idée. La nuée de parapluies permet à Mohand de se glisser jusqu'à son frère aîné sans se faire remarquer. Il découvre ses traits anxieux. Quand, se sentant observé, Yacine se retourne vers lui, sa gravité se mue en une tentative de sourire. Il est tellement crispé que l'effet produit est inverse. Se départant des salamalecs habituels, Yacine annonce :

— Mohand, il paraît que des arrestations ont déjà commencé un peu partout dans Paris. Tu es sûr que tu veux quand même venir ?

Mohand reconnaît l'attitude protectrice de son grand frère. C'est lui qui s'interposait quand on moquait ses lubies de conteur au bled. Alors que Mohand est arrivé le premier en France, c'est Yacine qui prend les grandes décisions, en vertu du droit d'aînesse qui prévaut dans son village de Kabylie. Solennel, Mohand répond :

— Oui, Yacine, j'en suis sûr et certain.

Mohand sort une cigarette pour se donner un faux air d'assurance. Yacine le considère avec un mélange de tristesse et de fierté. Très bien, ils iront défiler ensemble et que Dieu soit avec eux. Du kiosque, ils entendent les slogans « Algérie algérienne », « Libérez Ben Bella »... Les écharpes aux couleurs interdites – le blanc, le vert, le rouge – du drapeau algérien sont partout. Pour la première fois depuis qu'il est en France, Mohand défie la loi en sortant la bannière qu'il a lui-même cousue.

Il sait ce qu'il risque et il va au-devant du danger. Bras dessus bras dessous avec son frère, il rejoint la manifestation et crie de plus en plus fort sous la pluie fine. Signe que le ciel est avec eux, décrète Yacine.

Sa prophétie est démentie place de l'Opéra. Elle est remplie de policiers. Des dizaines de policiers. « La station de métro est fermée et on arrête les nôtres à tour de bras ! » halète l'un des manifestants qui court en sens inverse. Tout le monde rebrousse chemin. Le nouveau point de rassemblement est la place de la République inch'Allah. Sur le boulevard des Italiens, c'est le chaos. Il paraît qu'il y a eu un mort, l'escalade est inévitable. Papon ne laissera pas passer ça. On avance quand même, en se serrant les coudes, et parfois on aperçoit un visage ensanglanté qui bat en retraite. Le cordon des Algériens avance, Mohand rejoint le cortège. Il a peur. Il sursaute quand il entend des coups de feu au loin. Ils se rapprochent. Faut-il continuer d'avancer ? Est-ce que la cause le mérite ? Mohand et Yacine lisent dans leurs yeux les mêmes interrogations. Et la même certitude : oui, ça en vaut la peine. Ils se rassurent en se disant que les policiers ne peuvent pas tirer sur la foule, ce ne sont que des coups de semonce. Les flics sont là, devant eux, à la rue Thorel. Un flottement. Les groupes se défient du regard. Qui a commencé la bagarre ? Un manifestant qui a lancé une pierre ? Un policier qui a chargé ? Peu importe, il faut se battre maintenant. Plus seulement pour la cause mais pour survivre. Les idéaux disparaissent quand on affronte le visage déformé par la haine d'un CRS, la matraque à la main. Les coups pleuvent autour de Mohand, le sang gicle, les cris saturent ses tympans, les mouvements désordonnés obstruent son horizon. Ça y est, il va mourir. Il pense à Fatima. Ils n'auront jamais leur vie rêvée en France, leurs enfants, leur appartement, la tour Eiffel, le bandeau de Brigitte Bardot... Il ferme les yeux pour se représenter les traits de sa femme. Quand il les rouvre, une minute ou un quart d'heure après, il est toujours vivant mais son frère Yacine a disparu. Où est-il ? Qu'a-t-il pu lui arriver ? Paniqué, il le cherche parmi les gens qui courent dans tous les sens. Il retourne les corps gisant au sol dans leurs flaques de sang. Il s'en veut de n'avoir pas su regarder devant lui, à côté de lui, d'avoir fui la réalité, d'avoir abandonné son frère, et tous les autres, ses frères par extension. Un « crac » à côté de lui, un coup de matraque qui s'écrase sur les côtes d'un manifestant, le rappelle à l'urgence : il faut partir de là. Mais Mohand ne peut pas, son frère est dans ce quartier. Est-ce seulement le cas ? Est-ce que Yacine ne l'attend pas dans une rue à l'écart ? Est-ce qu'il cherche un prétexte pour quitter les lieux en soulageant sa conscience ? Il reste dix minutes, à la recherche de son frère, puis réalise qu'il est absurde de vouloir se prouver son courage au péril de sa vie. Si au moins il avait un véritable espoir de retrouver Yacine… Il prend un chemin de traverse. Dans la vitrine à moitié brisée d'un commerce, il surprend son reflet : il n'y a rien sur lui, pas une goutte de sang, pas une déchirure sur son beau costume. On croirait qu'il a vraiment assisté à un mariage et que tous ces cris étaient les youyous traditionnels de la cérémonie. Est-ce qu'il rêve ? Il avance comme un fantôme dans un état de semi-conscience. Les rues adjacentes sont désertes, il ignore où il va. C'est le hasard ou le destin qui guide ses pas jusqu'au pont au Change puis sur l'île de la Cité. Il atteint le pont Saint-Michel aux alentours de vingt-deux heures. Le hasard ou le destin bégaie. À quelques centaines de mètres de l'auguste cathédrale Notre-Dame de Paris, se jouent les mêmes scènes qu'au *Grand Rex*. Des policiers tapent sur la foule désarmée. Mohand pourrait faire demi-tour, la bataille rangée a lieu sur l'autre rive, dans le Quartier latin, et déborde sur le pont. Mais il ne peut pas fuir, il ne veut pas fuir, l'Algérie a besoin de lui. Et il a quelque chose à se prouver. Il ne veut plus fermer les yeux. Il ne veut plus reculer. Les jambes flageolantes, il avance, il avance, il avance. Ses appuis deviennent plus fermes, son torse se redresse : qu'importe ce qui va arriver, ce qu'il va perdre, il va montrer son courage. Là encore, la fierté est un moteur plus puissant que la cause. Est-ce sa posture bravache qui fait fuir les matraques ? Est-ce parce qu'il va en contresens des autres ? Une fois encore, il échappe aux attaques qu'encaissent ses voisins, parfois à quelques centimètres de lui. Chaque fois qu'un coup s'abat, il ferme les yeux et en les rouvrant, il se surprend à être debout, tout juste maculé de quelques gouttes de sang, celui des autres. Personne ne va croire à cette histoire invraisemblable, pire, on va le prendre pour un agent infiltré de la police. Qu'est-ce que va penser Fatima quand la rumeur lui parviendra jusqu'aux oreilles ? Mohand a honte de s'alarmer sur ce qui pourrait lui arriver quand, sur le pont Saint-Michel, il voit l'impossible : des corps jetés à la Seine qui rejoignent ceux qui flottent en contrebas. Des policiers font basculer des manifestants dans le fleuve, certains sautent pour leur échapper, avec le même résultat. Les lumières de la ville éclairent la procession des cadavres le long du courant. Les Arabes, comme ils disent, ne sont plus que des bouts de bois laissés au caprice des flots. Combien sont-ils ? Impossible de les compter. Parmi eux, y a-t-il Yacine ? Mohand traverse le pont de la rive droite vers la rive gauche avec pour seules embûches les corps qu'il doit enjamber ou contourner. Il les retourne avec de moins en moins d'espoir de retrouver son frère. Il propose son aide à qui peut se relever. C'est avec deux blessés en appui sur ses épaules qu'il rejoint le boulevard Saint-Michel dans la peau d'un infirmier plutôt que d'un guerrier. L'écume de la rage lui monte au visage. Il va se jeter sur le premier CRS à portée de ses mains, sculptées sur les chantiers. Sa force va lui servir à autre chose qu'à soulever des parpaings. Il voit un policier en train de s'acharner sur un homme à terre. Il l'assomme dès le premier coup de poing. Sa force a été décuplée par le sentiment d'injustice et la culpabilité : voir ses frères tabassés et échapper au massacre en cours. Le corps désarticulé du policier s'abat si violemment au sol qu'il craint de l'avoir tué. Il le retourne et il découvre les traits poupons d'un gamin à peine sorti de l'adolescence. La haine retombe puis il regarde autour de lui : combien de corps ont été abattus par ce visage d'ange ? Il n'a pas le temps de pousser plus loin sa réflexion. Des yeux sont plantés sur lui, ceux d'un policier qui a appelé du renfort pour maîtriser cet homme au crochet ravageur. Ils avancent discrètement mais, découvrant qu'ils ont été repérés, fondent sur Mohand qui mesure les conséquences de son acte. Il va rejoindre les corps balancés dans la Seine pour avoir blessé – ou tué ? – un policier. Mohand court, bouscule les gens autour, Algériens ou non, il entend « arrêtez-le, arrêtez-le ! » et « arrestation prioritaire ! » Il regarde derrière lui et constate qu'ils sont cinq et bientôt six à le poursuivre. Fatima ne le reverra jamais. Cette idée atroce lui procure un supplément d'énergie qui l'aide à supporter la brûlure embrasant ses poumons. Plus la zone de combat s'éloigne, plus Mohand s'expose. La foule n'est plus là pour le protéger et ses chaussures vernies l'entravent autant que leur couinement le trahit. Il s'en débarrasse à regret à un carrefour. L'écho des pas des policiers se rapproche, ils l'encerclent. Les murs font résonner le claquement de leurs semelles sur le bitume, dans tous les sens. Faut-il aller à droite, à gauche ? Il est contraint de se fier au hasard dans ces rues qu'il ne connaît pas. Il ignore où il est quand une matraque lui frôle le visage. Le corps qui la brandissait s'effondre de tout son long. Il faut quelques secondes à Mohand pour réaliser qu'un homme vient de lui sauver la mise. Une grosse voix à peine étouffée lui souffle : « Viens, suis-moi. » Mohand se méfie, il n'a pas l'accent qu'il reconnaît chez ses frères algériens. Le visage de son sauveur confirme cette impression, c'est un Français rougeaud qui lui murmure : « On va te tirer de là, camarade. » Une fois qu'ils seront en sécurité chez lui, il se présentera sous le nom de Gérard.

Pont Royal

Mon père n'a jamais pu montrer de cicatrices à sa femme. Sa chance a été son malheur, ses blessures, invisibles, n'existaient pas. Un jour, tandis qu'il tenait un pistolet à mastic pour reboucher une fuite, ma mère lui a demandé ce que ça lui faisait d'avoir une arme à la main. C'était parti tout seul, sans réfléchir, et ma mère s'en était excusée. Trop tard, il avait dû vivre avec ce reproche en tête. Le 17 octobre 1961, le jour où la très violente répression de la manifestation a causé plus d'une centaine de morts et de disparus algériens à Paris, Mohand passait la nuit à jouer aux dames avec Gérard, chez qui il s'était réfugié en attendant que les policiers cessent de le rechercher. Entre deux parties, ils avaient consumé des dizaines de cigarettes pour tuer la nervosité, en contemplant la tour Eiffel éclairée par la lune gibbeuse.

La tour Eiffel, je la regarde pendant que ma mère somnole sur son siège. Le soleil déclinant reste écrasant. Dihya me demande de veiller sur l'endormie, pour enfin profiter du buffet. Dans son sommeil, ma mère marmonne des mots indistincts en tamazight. Éveillée ou ensommeillée, elle pense tout haut. Je tends l'oreille mais je n'arrive pas à déchiffrer ses murmures. Je suis tout fier de reconnaître un mot ici ou là, puis j'ai honte de l'espionner. Je regrette de ne pas avoir emporté de livre pour passer le temps, je m'apprête à écrire un message à Kahina. Soudain, un cri. Il nous fait sursauter, ma mère et moi. Embrumée, elle tourne la tête de tous les côtés, se demandant si elle est plongée dans un rêve ou dans la réalité. Elle me regarde fixement puis exprime sa surprise en tamazight : « C'est toi, Kahina ? » Je tressaille. Pourquoi prononce-t-elle encore le prénom de ma fiancée devant moi ? Deux fois dans la journée, ça ne peut pas être un hasard. Le cri résonne une nouvelle fois, plus fort ou plus rapproché, difficile d'en juger d'où nous sommes. Ma mère est livide, Dihya rapplique. Un à un, chaque membre de la famille se dirige vers le pont. Sofiane a bondi le premier, Dihya le suit de près. Moi je suis tétanisé, abasourdi par le « Kahina » que je n'arrive pas à interpréter. Ma mère me regarde dépitée, je n'ai jamais été dégourdi et lui en donne encore la preuve.

— Pourquoi tu ne vas pas voir ce qui se passe avec les autres ?

Ma mère m'extirpe de mon apathie. Elle a ce pouvoir galvanisant sur moi. En montant vers le pont, je télescope Adam, en pleurs. « La honte, la honte, la honte », il n'a que ce mot à la bouche. Je lui demande ce qui se passe. Un hoquet l'empêche de parler. Ça doit être grave. Je le charge de rester à côté de sa mamie pendant que je vais constater l'ampleur des dégâts. Adam sèche ses larmes. Instinctivement, il comprend qu'il ne doit pas inquiéter sa grand-mère. On le lui a répété depuis qu'il est tout petit, il est conditionné à faire attention.

Sur le pont, c'est le bordel. Tout le monde semble magnétisé par Dihya, qui remue les bras comme un sémaphore. En suivant la direction de son regard, je constate qu'elle tente de dialoguer par le geste avec une femme qui hurle sur le pont Royal. Ma myopie mal corrigée m'empêche de reconnaître immédiatement Catherine, ma belle-sœur, la femme de Sofiane. Elle fait signe à Dihya qu'elle veut monter sur la péniche. En dépit de sa corpulence, Sofiane se fait tout petit au côté de Dihya qui lui tapote le dos en signe de réconfort. Elle nous a toujours couvés, y compris son seul frère aîné. D'une voix conciliante, elle demande au batelier de bien vouloir se ranger.

— Vous croyez qu'une péniche, ça se gare comme une voiture ? On n'est pas sur une route, ma petite dame.

— Est-ce qu'on peut trouver une solution ?

La douceur de Dihya désarme le batelier. Ma sœur a l'art de déminer les situations, au contraire de Kader, sur le point d'intervenir. D'un geste, elle lui intime de se taire, il obtempère. Elle est la seule qu'il écoute, que nous écoutons tous.

— La bitte de Patrick est peut-être disponible...

Les enfants se gondolent. Dihya refroidit leur humeur d'un regard glacial.

— Merci monsieur, c'est très gentil à vous.

Dihya transforme le « peut-être » en un « oui ». Sa force de persuasion est irrésistible. Après un bref échange au téléphone avec ledit Patrick, le batelier obtient l'autorisation d'occuper sa place pendant quelques minutes. L'amarrage est plus compliqué que prévu. L'autre péniche étant plus petite que la nôtre, il faut serrer au plus juste pour occuper son emplacement. La manœuvre nous captive au point d'en oublier Catherine qui descend sur le quai. L'embarcation frôle les deux péniches qui l'encadrent. Le batelier n'est pas peu fier d'avoir réussi un stationnement millimétré. Dihya le remercie chaleureusement pendant que Catherine monte à bord. Chacun l'accueille comme si son arrivée théâtrale était tout à fait normale. Dans la famille, on sait camoufler les embarras. Tout juste lui demande-t-on où est Sonia. Catherine prétend avoir résolu le problème de garde au dernier moment. Le batelier remet sur le tapis le problème de la jauge. Kader propose qu'Étienne les quitte dans un échange un pour un. Ma mère intervient :

— Ça va pas la tête ? Si Étienne descend, je descends aussi.

— Madame Asraoui, ce n'est pas grave, j'ai des choses à faire, répond Étienne.

— Moi aussi j'aurai des choses à faire !

— Étienne reste, un point c'est tout, ponctue Dihya.

Elle met un terme au débat. Ni Kader ni le batelier ne lui opposent la moindre résistance. Une fois encore, l'arbitre a tranché. Elle a toujours résolu les problèmes de la famille. Tous, sauf les siens.

Hôtel-Dieu, vendredi 25 mars 2005

Cette fois, Dihya ne peut plus reculer, elle doit fixer son rendez-vous. La standardiste au bout du fil n'a pas de date disponible avant le 29 octobre, sinon il faudra attendre 2006. L'infirmière pourrait faire jouer ses réseaux mais elle trouverait ça injuste. Alors elle accepte, même si ce sera l'anniversaire de sa mère. On ne le fête plus en famille depuis la mort de leur père, alors quelle différence ? Elle demandera à l'une de ses sœurs de surveiller sa mère, mais certainement pas à ses frères, ils ne sont pas fiables.

Dans la famille Asraoui, Dihya est l'âme dévouée qui ne se plaint jamais. Infirmière à l'hôpital d'Évry, elle est aussi l'infirmière particulière de sa mère. Son ombre. Depuis deux ans que Fatima s'est fait opérer du cœur, une odeur permanente d'éther flotte dans sa vie. L'intervention de routine a viré en une série de séquelles post-opératoires. Lors de la première crise cardiaque de Fatima, après son opération censée l'en prémunir, le médecin nous avait laissé entrevoir la possibilité de la fin. Les circonlocutions de cet homme au teint aussi blanc que sa blouse annonçaient la mort sans jamais la nommer. Une danse du ventre verbale : « il faut se préparer au pire », « le coma laissera au mieux des traces irréversibles », « à son âge, elle aura du mal à remonter la pente », « elle a déjà bien vécu », « a-t-elle envisagé des dispositions pour *après* ? », « elle a de la chance d'avoir *eu* une grande famille comme la vôtre »... Ce jour-là, Dihya a senti la peur dans son ventre. Depuis, elle n'a cessé de croître. Que deviendrait-elle sans sa mère ? Fatima est toujours là, malgré les répétitions imprévisibles des attaques, les convalescences difficiles, sa respiration courte, sa mobilité de plus en plus réduite. Elle tient le coup, grâce aux médicaments et aux prières. Les incantations en arabe sonnent comme des requiems. Elle demande à Allah de la rappeler à Lui quand elle croit Dihya hors de portée. Elle prolonge ses doléances à Dieu en tamazight, pour être sûre de la confidentialité de leurs échanges.

Très tôt, Dihya a endossé le rôle de fille dévouée. Plus jeune, quand sa mère se fâchait, il lui suffisait de faire le ménage pour que tout lui soit pardonné. Quelle que fût la gravité du grief, un coup de chiffon effaçait saleté et mauvaise humeur. Elle a depuis lors gardé ce réflexe, devenant une ménagère compulsive qui essaie d'échapper à sa propre colère. Quand elle a échoué deux fois de suite à son examen de première année de médecine, son réflexe a chaque fois été de nettoyer l'appartement de fond en comble pour panser sa blessure. Fini son rêve d'être docteur, destin tracé par ses parents. Elle est devenue infirmière par défaut, sorte de médecin raté, pense-t-elle. Fatima ne lui a jamais rien reproché… Mais quand au hasard d'une de ses interminables balades, une amie de sa mère demandait des nouvelles de la famille, elle prétendait toujours que Dihya exerçait comme toubib. Dans ce mensonge, sa fille ne pouvait s'empêcher d'entendre la déception de Fatima.

Quand Dihya prend son rendez-vous, elle n'a pas la moindre idée de ce que Kader organise pour les soixante-dix ans de Fatima. Il sait qu'elle poserait son veto à cette virée surprise en péniche, au prétexte qu'il mettrait à l'épreuve son cœur bien trop fragile. Elle sera mise devant le fait accompli deux semaines avant l'événement, quand il sera trop tard pour l'annuler. Personne ne doute qu'elle sera là quoi qu'il arrive, elle est toujours présente pour sa mère. On ne se serait d'ailleurs pas donné la peine de la prévenir aussi tôt si on n'avait eu besoin d'elle pour sortir Fatima de son bunker. Sans sa fille aînée, elle ne va nulle part. Sofiane a servi d'appât en lançant une invitation bidon à déjeuner.

C'est devenu rare, ses enfants préfèrent la voir « à la maison ». C'est ainsi que ceux qui ne l'habitent plus s'échinent à appeler cet appartement où ses habitudes l'encastrent. Pourtant, Fatima aime voir sa famille. Dihya le sait, qui lui reconnaît lors des visites de ses enfants et ses petits-enfants, ce même sourire que lui a décrit son père quand elle a posé le premier pied en France. Il lui avait tout raconté du voyage dans les moindres détails : la conversation des voisins sur le bateau, les cercles des mouettes dans le ciel, l'odeur de la mer, la force du vent, les côtes qui se découpaient dans la brume, les groupes qui se formaient… En plus d'être un conteur hors pair, Mohand était un fin observateur des mœurs. Il était aussi un amoureux attentif : il pouvait tout reconstituer des faits et gestes de Fatima, de ses vêtements à ses expressions. Et son sourire. Avec l'aveuglement mâtiné d'hypocrisie qui les caractérise, les Asraoui prétendent fêter les « vingt-sept ans » de leur mère. On pourrait les croire en voyant son visage s'illuminer devant sa descendance, sa fierté. Tous les autres jours, la boutade s'épuise. Tout en Fatima rappelle les affres de la vieillesse et de la maladie. À qui veulent-ils faire croire que le temps s'est figé ? C'est eux-mêmes qu'ils essaient de rassurer. Ils détournent le regard plutôt que de voir la vie telle qu'elle est, cruelle et finie. Kader a organisé l'anniversaire avec le faste qu'on lui connaît, on le félicitera de sa merveilleuse idée et on s'ébrouera pendant des heures sur une péniche. Mais qui sera là ce soir pour border leur mère ? Elle aura toujours vingt-sept ans pour qui la regarde de loin, avec des jumelles roses.

Cette tendance au déni est systématique chez les Asraoui. On préfère s'écharper pendant des heures sur des sujets d'actualité plutôt que de s'épancher, ne serait-ce qu'une minute, sur son intimité. Chacun connaît la couleur politique des membres de ma famille, leurs sportifs préférés, leurs réactions à la dernière polémique, mais personne ne se connaît. Ils ne savent rien de Dihya ou, plutôt, ils ne veulent rien savoir de son enfer d'aidante. Ça les arrange de voir son dévouement comme un choix, plutôt qu'une conséquence de la distance géographique ou affective que les enfants Asraoui ont mise entre leur mère et eux. Ça soulage leur conscience. Oublié, ce jour où Dihya est partie de « la maison ». C'était avant la mort de Mohand et les maladies successives de Fatima. Dihya avait trente ans, l'âge des grandes décisions.

Dihya avait rencontré Younès le jour de la Saint-Valentin. Le cuisinier s'était coupé en hachant de la viande. Une étourderie à l'origine de leur rencontre, un merveilleux moment d'inattention. Younès lui avait demandé pourquoi une si jolie fille était seule ce soir-là. L'accroche n'était pas terrible, il s'était rattrapé par la suite. Dihya aimait se moquer de Younès, qu'elle surnommait « Youlio

Iglesias », car il avait tendance à boursoufler ses phrases de mots d'amour surannés. À ses côtés, elle se découvrait une ironie grinçante, éloignée de l'image de la gentille fille qui lui collait. Elle aimait ça. Younès s'intéressait à tout ce qu'elle faisait. Enhardie par sa curiosité, Dihya lui racontait avec force détails ses journées de travail. Avec lui, elle éprouvait la jubilation de la conteuse, celle qui faisait briller les yeux de son père. Elle savait que Younès l'écouterait quoi qu'elle dise, alors elle prenait son temps. Parfois, elle pimentait et saupoudrait d'histoires imaginaires une journée trop ordinaire.

Ils s'installèrent à Savigny-sur-Orge. Younès aurait préféré Paris où ils auraient mené la grande vie, mais Dihya avait choisi une ville suffisamment proche de sa famille pour rester la « gentille fille », et suffisamment loin pour devenir enfin une femme. Mais très rapidement, le poids du mot « hchouma » allait la rattraper. Les parents lui avaient asséné que vivre seule sans être mariée ne se faisait pas, au nom d'une règle qui s'édictait au gré de leurs envies et de leurs besoins : ils souhaitaient que Dihya se marie, mais ils avaient besoin d'elle à la maison. Ils ne savaient évidemment pas qu'elle vivait avec un homme. C'eût été au-delà de la honte ancestrale, un péché. Younès et Dihya goûtèrent donc au bonheur en secret. Jusqu'à la mort de Mohand.

Qu'allait désormais devenir Fatima, livrée à elle-même ? Ne sachant ni lire ni écrire, elle serait perdue ou vouée à une de ces maisons de soins où l'on agonise à petit feu. Dihya répondit donc à l'appel silencieux du devoir, sans que sa mère lui demande rien. Elle retourna d'elle-même dans sa prison et renonça à sa vie de femme. Aujourd'hui, Dihya a oublié les traits de Younès. Elle n'a gardé aucune photo de lui de crainte de se rappeler qu'une autre vie aurait été possible.

Personne n'a jamais posé de questions à Dihya sur cette période. C'est un trou de mémoire dans l'histoire familiale. Fatima rabâche que les femmes d'aujourd'hui bénéficient d'une liberté inconcevable à son époque. Elle en parle quand sa fille lui prépare son repas, l'aide à sa toilette, nettoie l'appartement… Dihya doit se mordre l'intérieur de la joue pour réfréner l'envie de lui opposer, à sa chance supposée, la chance qui a préservé sa mère : s'éloigner de ses parents avant qu'il ne soit trop tard, avant qu'ils ne soient vieux et dépendants. Elle frotte un peu plus fort le sol, sa peau. Elle dilue son amertume dans la mécanique des gestes. Ça n'efface pas sa boule au ventre apparue lors de la première crise cardiaque de sa mère. Cette brûlure, Dihya n'en a parlé à personne. Il y a six mois, de service à l'hôpital, elle s'est tordue de douleur devant ses collègues. Difficile de faire comme si de rien n'était face à des personnes formées à combattre la maladie. Malgré ses dénégations (« ça va, ce n'est rien »), ses mensonges (« c'est la première fois que ça m'arrive ») et ses protestations (« puisque je vous dis que ça ne sert à rien »), elle a été contrainte de se soumettre à des examens. L'IRM a révélé qu'elle avait une vraie boule en elle. Une tumeur. Elle est rentrée à la maison. Fatima lui a demandé pourquoi elle avait ce drôle d'air. Dihya a répondu « ça va hamdoullah » puis a briqué l'appartement de fond en comble.

Dihya a repris l'expression arabe de sa mère. Chaque fois qu'on lui demande comment elle va, Fatima répond qu'elle va bien par la grâce de Dieu. On planterait un clou dans sa main, qu'elle donnerait la même réponse avec le même air détaché. Allez savoir la vérité. Même Dihya a bien du mal à distinguer sa souffrance du quotidien des signes avant-coureurs d'une énième crise cardiaque. Elle traque le moindre début d'indice, à l'affût de l'invisible. Si seulement Fatima pouvait dire, ne serait-ce qu'une seule fois, « ça ne va pas », sa fille saurait à quoi s'en tenir. C'est un vrai problème lors de ses hospitalisations. Les infirmiers ne comprennent pas qu'un « ça va » de Fatima est déconnecté de la réalité de sa douleur. C'est une expression toute faite inspirée du « mektoub ». Dieu ayant tout écrit, elle se soumet à Sa volonté. Le réflexe est commun à certains patients musulmans. Ils font le délice du personnel soignant puisqu'ils ne se plaignent jamais. En service, cela oblige cependant les infirmiers à vérifier qu'ils ne sont pas en train de mourir en silence dans leur chambre plutôt que d'appuyer tout simplement sur le bouton d'urgence. Il faut déployer des trésors de persuasion pour faire entendre aux médecins qu'un « ça va » puisse signifier le contraire. Et comme Fatima a visité à peu près tous les hôpitaux de la région en fonction de la régulation capricieuse des urgences, il faut à chaque fois prêcher le même sermon à de nouveaux parterres d'ouailles. « Ça va hamdoullah » est devenu le synonyme insupportable de l'incommunicabilité de la douleur.

C'est à l'Hôtel-Dieu, tapi aux pieds de Notre-Dame, que Dihya devait se faire opérer ce 29 octobre 2005. Elle a reporté le rendez-vous… mais ça va hamdoullah.

Pont des Invalides

Sofiane s'est évaporé et Catherine s'est mêlée à la foule. La scène survenue quelques minutes auparavant semble n'avoir jamais eu lieu. J'observe la même attitude hypocrite que les autres, le regard en coin et le sourire de façade. Catherine vient me saluer le plus naturellement du monde, puis chemine jusqu'à sa belle-mère.

— Maman Fatima, je suis contente d'être là! tempête Catherine, avec un enthousiasme débordant.

— Moi aussi, ma fille.

Ma mère et Catherine se fondent en une accolade chaleureuse. Myriam, sa fille, me tire par la manche.

— Tonton Malik, je me sens mal, je crois que j'ai le mal de mer.

— Le mal de mer, sur la Seine?

— Le mal de fleuve, si tu préfères.

J'apprécie la repartie de Myriam. Depuis qu'elle est petite, un lien particulier existe entre nous, bien que nous ayons eu trop peu d'occasions de nous voir. Ma nièce de quatorze ans se confie à moi quand elle a des problèmes. Son passage à l'adolescence me fait un peu peur, il y a des choses que je préfère ne pas savoir d'elle.

— Tonton, tu m'accompagnes sur le pont ?

— Tu ne penses pas que ça tanguera plus là-haut ?

Myriam roule de gros yeux en l'air. Le mal de mer est un prétexte et je pressens que je vais encore me trouver dans la position délicate du confident. C'est grâce à ma nièce que j'ai appris que le couple parfait Sofiane/Catherine vacillait depuis plusieurs années. Les deux se sont connus au collège, chacun fut le premier amour de l'autre. Ils traversent un de ces moments dans une vie où on se pose la question : et si ? Et si on s'était mariés trop tôt ? Et si nous étions passés à côté de notre jeunesse ? Et si on avait goûté d'autres chairs ? Toutes les vies qu'on n'a pas vécues portent le maléfice du doute, celui qui nous pousse à penser qu'on aurait pu avoir mieux autrement. La réalité perd toujours face à l'imagination.

Myriam pose ma main sur son épaule. C'est souvent elle qui me pousse à la tendresse, je ne fais jamais le premier pas. C'est absurde car je l'aime, ma nièce, mais je ne sais pas comment le lui montrer. J'ai l'impression que je deviens comme mes parents malgré moi. Pour me prouver que ce n'est pas le cas, j'écris en douce un SMS à Kahina pour lui dire que je pense très fort à elle. J'hésite à appuyer sur « envoyer ». Le message ressemble à de la mauvaise prose d'adolescent, et puis ça veut dire quoi, « penser très fort » à quelqu'un ? Je m'apprête à l'effacer quand Myriam me bouscule et je presse par accident le clavier de mon téléphone. Le message est parti.

— Tonton, tu m'écoutes ?

— Bien sûr, Myriam, tu peux me dire ce que tu veux.

— Je te parle depuis deux minutes. Tu n'as rien entendu ?

Pour seule réponse, je hausse les épaules. Non, je n'ai rien entendu.

— Je te disais que ce matin, c'était l'enfer à la maison. Maman ne voulait pas venir et papa la suppliait de faire un effort. Maman a gueulé qu'elle en avait marre de faire des efforts et elle est partie.

— Comment elle a su où nous étions ?

— On communiquait par SMS. Je lui donnais régulièrement notre position.

— Tu as un téléphone portable à ton âge ?

— Bah oui, c'est tonton Kader qui me l'a offert. Il en a envoyé un à tous mes cousins et à toutes mes cousines.

Myriam me sort un BlackBerry dernier cri. Mon Nokia me paraît tout à coup préhistorique.

— Tu sais pourquoi ta mère en a marre ?

— Il y a toujours un prétexte, d'un côté ou de l'autre. La semaine dernière, c'est papa qui n'a pas voulu l'accompagner à une soirée à son travail. Il a préféré regarder un match de foot à la télé et maman est devenue folle. Je crois qu'ils ne font plus d'efforts ou qu'ils en font trop. S'aimer leur est devenu un effort.

Myriam dans toute sa splendeur. À quatorze ans, on dirait qu'elle a tout compris du monde.

— Tu crois que je vais devenir comme eux, un jour ?

— Tu as un amoureux ?

— T'es bête tonton, c'est pas ça. C'est juste que ça fait peur de voir où ça mène, l'amour.

— Vers où ça peut mener, ce n'est pas une fatalité…

J'hésite à parler de Kahina à Myriam. Personne ne la connaît et c'est à une fillette que je me confierais ? L'incongruité de la chose me fait reculer.

— Sinon, toi, ça va, Myriam ?

— Tonton Malik, je peux te demander un service ?

— Tu connais ma réponse, c'est toujours la même.

— Oui, je sais, ça dépend lequel. Tu peux m'appeler Meriem ?

— Euh oui. Mais tu veux bien me dire pourquoi ?

— Parce que c'est comme ça que m'appelle mamie.

— Tu n'es pas sa fille, non ?

— C'est aussi comme ça que m'appelle papa devant mamie. J'en ai marre d'être un coup Myriam et un coup Meriem.

— Alors pourquoi pas Myriam ?

— Je préfère Meriem, c'est comme ça. Tu ne vas pas me critiquer toi aussi...

— Moi aussi ? Qui te critique ?

— Maman, ça la rend dingue. D'après elle, j'ai pas le droit de changer le prénom qu'elle m'a donné.

— Et ton père ?

— Il me soutient mais je me demande si c'est pas pour emmerder maman.

Je me remémore alors toutes ces fois où Sofiane a parlé de Myriam devant notre mère. Il prononce « Meriem » en roulant très mal le « r ». Pareil pour Adam, dont il laisse traîner le « m » final. Pour Sonia, il n'a aucun effort particulier à faire. Il a choisi des prénoms mixtes pour exprimer sa double culture, qui n'est en vérité qu'une double hypocrisie. Les deux aînés ont été quelque temps à l'école arabe. C'était en fait une école coranique où ils récitaient des versets qu'ils ne comprenaient pas. Ma mère était très fière et ça suffisait pour faire rougir de plaisir Sofiane. Un de ses jeux préférés a longtemps été de demander à ses enfants leur nationalité. « Algériens ! », répondaient-ils en chœur. Un jour, j'en ai eu assez de cette mascarade. Alors qu'il présentait pour la centième fois son numéro de singes savants devant notre mère, je suis intervenu.

— Myriam et Adam, citez-moi cinq écrivains et cinq chanteurs français ?

— Victor Hugo, Balzac, Flaubert, Zola... euh et puis Molière ! Comme chanteurs, c'est trop facile, Lââm, M. Pokora, Raphaël, Lord Kossity et Clémence.

— Et maintenant, cinq écrivains et cinq chanteurs algériens ?

— Euh... Ceux de « 1, 2, 3 soleils », Khaled, Faudel et Rachid Taha !

— Et encore ?

— ...

— Et les écrivains ?

— ...

Sofiane m'avait interrompu par un « c'est bon, c'est bon ». Je m'en suis voulu de m'être servi des enfants, d'autant que ma démonstration par l'absurde n'avait servi à rien. Mon aîné avait resservi le même sketch lorsque nous nous étions retrouvés en famille quelques semaines plus tard. Cette fois, il les avait briefés sur les chanteurs et écrivains algériens. Ils ont répondu aux mêmes questions sans que je les sollicite. Je connaissais suffisamment Sofiane pour deviner qu'il préparerait sa revanche.

Myriam pose sa tête sur mon épaule. Elle soupire.

— C'est compliqué tout ça, tonton.

— Quoi donc ?

— Savoir qui je suis.

— Et ce n'est pas fini.

— Toi aussi, ça t'arrive, tonton ?

— De douter ? Tous les jours.

— Comment tu fais ?

— Je vis avec, comme tout le monde, ma petite Meriem.

— Merci tonton.

— Je t'en prie mais pourquoi ?

— Parce que tu m'écoutes.

— Tu sais, peu importe comment tu t'appelles, tu sais bien que je…

— Moi aussi je t'aime, tonton.

Ma nièce a prononcé le mot que je n'arrive pas à dire. Je l'embrasse sur le front et elle se love dans mes bras. Bien sûr que je l'aime, cette petite, qu'elle s'appelle Myriam ou Meriem. Au moment où je me fais cette réflexion, je reçois un SMS de Kahina : *Je pense très fort à toi aussi.*

Paris, 28 octobre 2005

Sofiane zigzague entre les jouets d'Adam, qui jonchent leur grand appartement du 17e arrondissement de Paris. Il prévient Catherine qu'il s'apprête à partir au travail. Pas de réponse. C'est comme ça depuis un moment, sa femme ne lui adresse la parole qu'une fois sur deux, au mieux.

— Adammmmm, Merrrrriem, Sonnnnnnia, bonne journée !

Sofiane laisse traîner les consonnes pour agacer Catherine, il sait qu'elle fait semblant de dormir. Ils sont entrés dans cette phase de la vie de couple où on fait exprès de titiller l'autre parce qu'on ne sait plus éveiller son intérêt autrement. Des bruits de pas font craquer le plancher. Adam, porté par l'enthousiasme de ses huit ans, saute dans les bras de son père. Sonia couve une légère fièvre, elle dort à poings fermés. Myriam écoute de la musique dans sa chambre, en pianotant sur le téléphone portable neuf que son oncle Kader lui a offert. Impossible d'obtenir la moindre attention de sa part dans ces moments-là. Souvent, il culpabilise ses enfants, et leur fait savoir la chance qu'ils ont : lui n'avait pas tout ça. Les paquets de gâteaux étaient des biens rares qu'il fallait toujours partager à dix. Même après avoir mangé, le goût de la faim restait en bouche. Un jour, Mohand avait amené Sofiane à la fête de Noël de son usine, le chocolatier Nestlé. L'ancien ouvrier non qualifié était devenu ouvrier spécialisé par la grâce d'un changement d'étiquette qui désignait le même métier. La promotion en trompe l'œil suffisait à gonfler sa fierté et celle de son fils à côté de lui. La table où reposait toutes sortes de chocolats lui rappela l'usine de *Charlie et la chocolaterie*. Sofiane dut se réfréner pour ne pas se ruer comme un meurt-de-faim sur la corne d'abondance. Il trépignait en attendant la fin de l'interminable discours du patron, retenu par la main de son père qui savait trop bien l'idée qu'il avait en tête : tout dévorer. Il exécuta si bien son plan que le lendemain, Sofiane eut la crise de foie du siècle. Il n'a jamais regretté, il était rare qu'il mange à satiété. D'autant que l'année suivante, un plan de licenciement frappa l'usine. Le charme s'était évaporé. Cette expérience lui a appris que tout peut disparaître du jour au lendemain, voilà pourquoi depuis il accumule, pour lui et ses enfants.

La boulimie compulsive de Sofiane est devenue méthodique après le départ avorté des Asraoui en Algérie lors de l'année 1976. Il l'avait échappé belle, il établirait donc un plan de vie comme d'autres dressent des plans de carrière. Il lui faudrait une femme, Catherine. Un mariage, somptueux. Cinq enfants, si possible trois filles et deux garçons. Un appartement dans un beau quartier de Paris, vaste. Une résidence secondaire, en bord de mer. Une terrasse, avec vue sur les toits de la capitale. Trois voitures, une berline, une sportive et une familiale. Des montres et des costumes, de marque. Des vacances, dans des endroits paradisiaques. Catherine s'est souvent demandé si elle n'était pas un élément parmi d'autres de sa to-do list parfaite, une pièce de puzzle interchangeable. Sofiane veut toujours faire les choses comme il faut. Un sentiment de devoir qui tue tout élan romantique. Même les bouquets de fleurs qu'il offre, magnifiques, forcément magnifiques, le sont à intervalles réguliers ou lors de fêtes, toujours les mêmes. Il n'y a pas de surprises quand tout obéit à un calendrier.

De retour d'Algérie, Sofiane est allé voir ses professeurs pour leur demander de l'appeler Stéphane. Il voulait couper avec ce pays qui avait failli le retenir contre son gré. Ses camarades ont cru à une facétie. Catherine s'en est sortie par une pirouette en l'appelant « mon chéri », persuadée que cette lubie lui passerait… Le gamin qui trafiquait avec son pote Étienne n'avait pas été enlevé en Kabylie, il se cachait derrière un masque. Elle se trompait. Le masque est devenu son visage et ce changement d'identité leur secret, il fallait qu'aucun Asraoui ne l'apprenne. Lors de leur mariage, la salle fastueuse qu'il avait louée sonnait creux. Il n'avait pas pu inviter ses collègues assureurs : le passage devant le maire et sa famille trop sociable l'auraient trahi. Sofiane tenait à rester Stéphane. Il ne leur avait finalement montré que quelques photos triées sur le volet, celles où toute marque d'appartenance à une culture étrangère était absente, et en premier lieu, ses parents venus en habits traditionnels kabyles.

Stéphane Lesage – il avait aussi modifié son nom de famille – était le parfait camarade. Jamais le dernier pour lever le coude au bar après les heures de bureau, sa gueule de bois mélancolique le ramenait à son trouble d'identité. Était-ce Sofiane ou Stéphane qui se couchait auprès de Catherine ? Il exprimait parfois quelques remords puis le lendemain, tout était oublié, Stéphane était heureux d'épingler son badge à sa chemise. Catherine avait la désagréable sensation d'être un tampon bleu blanc rouge qui le rendait plus français que français, comme ce slogan absurde d'une marque de lessive qui promettait de laver plus blanc que blanc. L'Algérie n'existait plus, même quand il avait fallu enterrer son père dans son village natal. Il avait inventé toutes les excuses du monde pour se dispenser du voyage.

À la naissance de Myriam, Sofiane avait fêté l'événement au champagne puis par une de ces métamorphoses que provoque la paternité, il s'était intéressé à son héritage familial qu'il avait complètement occulté. Il s'est découvert musulman. Il lui fallait transmettre son histoire, il insista donc pour que ses enfants aient des prénoms mixtes que ses parents n'écorcheraient pas. Évidemment, il restait Stéphane Lesage au travail, les attentats du 11 septembre 2001 l'obligeaient à la discrétion. Lors des pots, il ne prenait plus que des sodas au lieu d'alcools, ce qui lui avait valu quelques mauvaises blagues sur son allégeance supposée à Al-Qaïda. Il les évacuait d'une bourrade dans le dos, qu'est-ce qu'on se marre, hein.

Cette personnalité à deux visages aurait pu causer ces frictions dans leur couple. Mais la vérité est autrement, tristement plus banale. Sofiane et Catherine ont succombé à l'habitude, à la lente dilution des sentiments. Le temps est un redoutable oxydant. Catherine soupçonne Sofiane de la tromper sans trouver la moindre trace d'une relation clandestine. De son côté, elle s'autorise quelques flirts virtuels sur MSN Messenger, rien qui n'aille au-delà de quelques petits mots doux qu'elle n'entend plus dans la bouche de son mari. Avant la conception de Sonia – c'est comme cela que Sofiane avait appelé cette soirée planifiée en fonction du cycle de Catherine – elle s'était émoustillée auprès d'un certain Michel-du-Havre. Sofiane avait récupéré des conseils dans des magazines féminins sur les positions qui favorisaient plutôt la naissance d'un garçon ou d'une fille. Il fallait bien que Catherine égaye le passage à l'acte mécanique. Le devoir conjugal expédié, elle avait laissé exprès l'ordinateur allumé, la boîte de dialogue bien en vue. Sofiane n'avait rien remarqué. Il ne voyait plus rien, ni ses nouvelles coiffures, ni ses attentions. Seule la peur de tout quitter retient désormais Catherine auprès de Sofiane. Ce grand appartement qui suscite l'envie de ses amis, le luxe de pouvoir aller au travail en décapotable, le confort que procure la jouissance matérielle. Ce n'est pas le bonheur, mais ça adoucit le quotidien. Elle se contente de cet entre-deux, de cette zone grise, parce qu'elle ne se verrait pas partager un studio avec un Michel-du-Havre qui finirait lui aussi par oublier que l'amour s'entretient tous les jours.

Alors qu'elle sort de son lit après avoir attendu le départ de Sofiane dont les provocations la laissent de marbre – même ça, ça ne lui fait plus rien –, Catherine découvre un énorme bouquet de fleurs dans le salon. Sa taille dépasse de loin les standards de Sofiane. Un semblant d'excitation la gagne, un frisson dont elle ignorait qu'il puisse encore lui être causé par son mari. Un mot accompagne le cadeau : *N'oublie pas l'anniversaire de maman demain.* Le soufflé retombe, c'est la déception. Encore une fois, son mari veut l'acheter. Ça ne marchera pas, il n'avait qu'à être là lors de sa soirée professionnelle de la semaine dernière et toutes celles où il a préféré se vautrer sur son fauteuil plutôt que de l'accompagner, ou la regarder. Elle consulte son ordinateur : dix-huit messages en attente sur Messenger. Elle répond à l'un d'eux avec l'intention d'aller jusqu'au bout, cette fois. Elle fixe rendez-vous à Michel-du-Havre pour le lendemain, le jour de l'anniversaire de la mère de Sofiane. Il ne lui pardonnera pas cette défection. Elle veut qu'il la quitte, puisqu'elle n'arrive pas à le quitter.

Pont d'Iéna

La tour Eiffel, la voilà. Kader est planté devant notre mère pour la cacher jusqu'au dernier moment. Il se retire quand l'énorme pièce montée est apportée par tous les neveux et toutes les nièces à la place du serveur, qui aura passé sa journée à compter les mouches. Tous en chœur, nous poussons la chansonnette :

— Joyeux anniversaire, joyeux anniversaire, joyeux anniversaire, maman/mamie, joyeux anniversaiiiire. Happy birthday to you, happy birthday to you, happy birthday to you, maman/mamie, happy birthday to youuuuuu.

La voix aiguë de Meriem poursuit seule la version arabe :

— Sana helwa ya gamil, sana helwa ya gamil, sana helwa ya gamil jedda, sana helwa ya gamil.

Ma mère, mi-hagarde mi-émue, se tourne vers Dihya :

— C'est mon anniversaire aujourd'hui ?

Elle flatte mécaniquement la bague à son doigt, celle que mon père lui avait offerte sur le *Sidi Mabrouk* en partance pour l'Algérie, et récite une prière. Je compte les bougies sur le gâteau : il y en a vingt-sept. Au dernier étage de la pièce montée, une photo de nos parents. Un grand débat a divisé la famille pour savoir s'il valait mieux y faire figurer notre mère uniquement. Il s'est tranché de lui-même lorsque nous avons réalisé qu'il n'existait aucune photo d'elle sans lui, et de lui sans elle.

— Mamie, tu dois souffler les bougies maintenant !

Nos neveux, nos nièces, ses petits-enfants sautillent d'excitation. Ma mère s'avance lentement, puis souffle. Toutes les bougies s'éteignent d'un coup, des vents de droite et de gauche l'ont bien aidée. Nous avons un peu triché, comme sur son âge. On se bat pour avoir la plus grosse part du gâteau, même s'il y en aura beaucoup trop. Sofianc, réapparu de nulle part, joue des coudes avec Kader pour offrir le premier cadeau. Il est avec Catherine, qui compose un sourire indéchiffrable. On jurerait qu'ils se sont réconciliés. Les paquets de Sofiane et de Kader rivalisent de volume. J'ai un peu honte avec mon tout petit cube de trente centimètres. Ma mère proteste « il ne fallait pas » à tous ceux qui se présentent à elle. Quand arrive mon tour, en dernier, Kader plaisante : « Malik, il ne fallait vraiment, vraiment pas » et tout le monde rit. Ma mère s'agace des moqueries, on ne touche pas à son petit Malik. Elle déchire lentement le papier, le seul qu'elle arrive à défaire seule en raison de ses dimensions. Elle a l'air surprise de ce qu'elle découvre : un bout de tissu brodé. Les railleries redoublent :

— Malik, tu as offert un chiffon à maman ?

— Non, c'est un mouchoir !

— Dis, tu es sûr que tu ne veux pas reprendre la finance ?

— Ma proposition pour travailler dans ma boîte tient toujours, tu sais !

— Le mois prochain, je sais qui je ne vais pas inviter à mon anniversaire !

Ma mère, elle, devine de quoi il s'agit :

— Comment tu as su, mon petit Malik ?

Je redresse le menton pour montrer ma fierté. Les autres se demandent ce que notre mère peut trouver à ce petit bout de tissu de rien du tout. La voix chevrotante d'émotion, elle se tourne vers eux pour répondre à leur interrogation muette :

— C'est le bandeau de Brigitte Bardot, promis par votre père lorsque je suis venue en Algérie.

Stupéfaction. Même Dihya ne connaissait pas cette anecdote et pourtant, c'est elle l'archiviste de la mémoire familiale. Comment je l'ai su ? Il se trouve que lors d'un de ces soliloques en tamazight, ma mère avait évoqué cet épisode. Je me torturais les méninges pour lui trouver un cadeau digne de ce nom et dans mon budget. Elle m'avait apporté la réponse sur un plateau. Je ne donne aucun de ces détails à personne. Pour évacuer les questions des curieux, j'attire l'attention sur la tour Eiffel : elle est là, devant nous, on ne peut pas la manquer. Tous les appareils photo se braquent sur notre mère qui la fixe. Ça doit lui faire bizarre, à la vieille dame de fer, de voir les objectifs se détourner d'elle. Kader intervient :

— Alors, ça te fait quoi de voir la tour Eiffel pour la première fois ?

Ma mère reste sans voix. Ce sont deux promesses de Mohand qui se réalisent aujourd'hui. Ce face-à-face avec le monument, elle l'a tant désiré… tant fui aussi. Dihya saisit la main de notre mère, c'est sa façon discrète de lui prendre le pouls. Elle ne reconnaît pas la symphonie habituelle qui fait battre ses veines. Des percussions se sont invitées au concert et accélèrent la partition. L'ombre du doute dans ses yeux se diffuse à tous : qu'est-ce qui se passe ? Ma mère se met à parler en tamazight. Elle raconte une histoire, persuadée que personne ne la comprend.

Chelhab, Algérie, 6 novembre 1959

Mohand est parti en France depuis cinq ans. Ses lettres s'entassent sous la paillasse de Fatima comme autant de promesses suspendues à la fin de la guerre. Il s'est passé des événements importants qu'il s'est abstenu de commenter. Tiens, par exemple, le discours incompréhensible du général de Gaulle il y a un an, à Alger, chevrotant « je vous ai compris ». Mais qui a-t-il compris ? Qu'est-ce qu'il a compris ? Le Mohand qu'elle connaissait aurait transformé ce mystère en fable comique. Ce Mohand-là s'est contenté d'une formule d'espoir creuse. Et aussi obscure que les textes du président français. Dans une semaine, Yacine, le grand frère de Mohand, le rejoint en France. Fatima va lui transmettre ses doutes. S'il la trompe avec une Brigitte ou une Angélique, qu'il le dise.

Les infiltrations des moudjahidin se sont multipliées à Chelhab, village enclavé dans la montagne, à l'écart des routes goudronnées. L'armée française ne peut pas transporter ses armes lourdes le long de ces flancs escarpés, elle perd l'avantage que sa force de frappe lui confère devant un ennemi qui connaît mieux le terrain qu'elle. C'est devenu une « zone interdite », une base arrière pour les fellaghas. « Tu les caches où les fellouzes ? », « On va faire payer tous les fels »... ces phrases, les soldats les crachent tous les jours au visage des villageois. Les coups de crosse qui ponctuent les questions ont creusé le fossé entre les Musulmans et les Européens. Les soldats sont les seuls serviteurs de l'État français qu'on a vus ici pendant cent vingt-neuf ans de colonisation. Si seulement ils avaient été aussi zélés pour ouvrir des écoles, Fatima pourrait écrire des lettres à son mari et l'engueuler.

C'est le dernier jour à Chelhab pour tous ses habitants. Le plan Challe s'applique à la Wilaya III, la région administrative qui comprend la Kabylie. Il s'agit de détruire les unités de l'Armée de Libération Nationale, la branche militaire du FLN. Courroie, Étincelle, Rubis, Saphir, Turquoise, Émeraude, Topaze sont les noms de code attribués aux opérations de pacification de chacun de ces secteurs. Pour la Wilaya III, c'est « Jumelles », dont l'une des missions est la destruction des villages et le déplacement de leurs habitants vers des centres de regroupement. On s'était préparé à l'éventualité du départ depuis le mois de juillet, quand Jumelles a commencé. Puis août, septembre, octobre ont passé et on a fini par ne plus y penser, même si les hommes du colonel Abderrahmane Mira, le chef de la résistance de la Wilaya, en brandissaient l'imminence régulièrement.

Ce 6 novembre, les militaires sont venus à l'aurore pour éviter une embuscade. Il faut faire vite, la résistance ne doit pas avoir le temps de s'organiser. Ordre est donné aux habitants de dégager les lieux en moins de vingt minutes, après lesquelles toutes les maisons seront détruites. « Méthodiquement », précise le soldat en charge de l'annonce. Fatima roule en boule ses vêtements en cinq minutes à peine. Le seul avantage d'être pauvre, c'est de pouvoir voyager léger en toute circonstance. Les quinze autres minutes, elle les consacre à aider ses parents, bouleversés, qui quittent plus qu'un lieu, une mémoire. Avant de rejoindre le cimetière, point de rassemblement, son père, Amar Agradj, prend bien soin d'épingler sa médaille militaire obtenue lors de la Seconde Guerre mondiale. Cette bravade lui vaut les railleries des soldats français. L'un d'eux la lui arrache et la foule aux pieds.

— C'est notre histoire commune sur laquelle tu marches.

— Qu'est-ce qu'il raconte, le fellouze, il m'insulte, c'est ça ?

Amar Agradj s'est exprimé en tamazight et ne récolte qu'un crachat à la figure en guise de réponse. Il s'essuie lentement le visage et, tremblant de rage, se baisse pour ramasser l'objet quand une main télescope la sienne. C'est un officier français qui la lui tend puis lui adresse le salut militaire. Amar ne le lui rend pas, et marmonne dans un français maladroit qu'on ne lui connaissait pas :

— Vous devriez leur apprendre la vie.

« Je vais vous apprendre la vie » était l'une des phrases que répétait sans cesse René Babonneau, son commandant pendant la Seconde Guerre mondiale, un homme d'honneur tel qu'il en existe peu sous les latitudes algériennes. Babonneau n'aurait jamais autorisé la « bleuite », cette opération des services de renseignement français visant à faire circuler des fausses rumeurs pour susciter des purges jusqu'au plus haut niveau de l'Armée de Libération Nationale.

Témoin de la scène qu'il considère comme une humiliation inacceptable, un soldat au regard plein de haine s'apprête à charger Amar Agradj avec la crosse de sa carabine. L'officier stoppe net son élan, à quelques centimètres du menton qu'il allait fracasser. Hors de lui, l'officier annonce au soldat qu'il sera privé de sa prochaine permission. Le puni proteste que c'est injuste, que d'autres se sont permis bien pire, ce qui lui vaut l'annulation de toutes ses permissions pendant six mois.

Fatima assiste impuissante à la scène. Ce sentiment la poursuit depuis le début de la guerre. Arrêtée, fouillée, insultée et aujourd'hui déplacée, elle subit les événements. Voilà qu'elle se retrouve à Beni Achache, à cohabiter avec la famille Afus, de parfaits inconnus, dans un baraquement de bric et de broc. Il faudra vivre avec une femme, deux enfants en bas âge et le fantôme du mari, mort dans le maquis. Djamila, la mère, raconte qu'ils ont eux-mêmes été forcés à déménager. L'administration française éparpillait les habitants en fonction des initiales de leur nom. Les Afus, qui vivaient à cinquante kilomètres, sont allés à Achache parce que les soldats pensaient que leur patronyme commençait par A. Un malentendu. En effet, quand ils avaient présenté à Djamila Ghribi, analphabète, le registre où elle devait s'inscrire, elle avait bafouillé « Afus », « main » en tamazight, car c'est ce que lui montrait l'agent de l'état civil. Le traducteur, un soldat harki, n'était pas à son poste. On découvrirait son cadavre atrocement mutilé plus tard dans la journée.

La soirée est bercée des anecdotes de Djamila qui a besoin de parler. Ses histoires sont sordides, c'est peut-être pour ça que le sommeil de Fatima est agité. Pour se calmer, elle veut regarder sa carte postale de Paris. Visiter de loin la tour Eiffel.

Assommée par la fatigue de la journée, elle cherche à tâtons sous sa paillasse, puis se souvient qu'elle n'est plus chez elle, à Chelhab. Elle se remémore le départ et un détail en particulier : elle n'a pas emporté la carte postale. Elle voulait la prendre en douce juste avant de partir mais les soldats s'en étaient pris à son père. Sans la tour Eiffel, sa nuit est noire et triste.

Le lendemain, Fatima se lève avant l'aube. Elle prétexte d'aller chercher de l'eau au puits pour récupérer l'objet perdu. Les parents hésitent mais cèdent. Ils ne savent rien refuser à leur fille, et les soldats français sont partis pour démanteler un autre village. De Beni Achache, on entend leurs manœuvres. En courant vite, Fatima pourra aller et venir sans encombre. Tout se déroule comme prévu, Fatima parvient au village où elle constate que la « méthode » des soldats français a consisté à tout laisser en l'état, à part deux ou trois toits éventrés. Il est bien plus facile qu'elle ne le craignait de retrouver la carte postale, si bien qu'elle est déjà sur le chemin du retour quand elle entend cette voix qui la poursuivra toute sa vie :

— Qu'est-ce que tu fous là, toi ?

Fatima accélère insensiblement l'allure mais pas suffisamment pour semer le bruit derrière elle.

— Tu sais pas que c'est interdit de venir ici ?

Fatima se retourne. C'est le soldat qui a voulu donner un coup de crosse à son père. Elle secoue la tête, comme elle le fait toujours devant un militaire. Elle ne comprend pas ce qu'il lui raconte.

— Je t'ai vue, toi ! C'est à cause de toi et des tiens que je suis là pour six mois !

Il continue de parler en s'approchant. Il tourne autour de Fatima, pose ses mains sur elle. Elle se dégage. Il insiste. Elle le repousse de toutes ses forces mais il recule à peine. Le colosse fait deux têtes de plus qu'elle. Il la saisit fort. Très fort. Elle voit ses yeux. Des yeux mauvais. Même quand elle ferme les siens, le regard de l'homme transperce ses paupières. Il se passe des choses que Fatima ne veut pas voir.

Elle serre les poings.

Remue la poussière.

Pleure.

Beaucoup.

Longtemps.

Les yeux de Fatima débordent de larmes quand elle les ouvre. Le soldat est parti. Elle sent son odeur, l'empreinte de sa poigne. Elle se dirige comme un automate vers le puits où, au lieu de prendre de l'eau, elle se lave, se frotte, s'arrache la peau. Quand elle rentre à la maison, ses parents sont morts de peur. Ils en ont attendu, des frères, des sœurs, des amis trop longtemps partis pour une course dont ils ne sont jamais revenus. Ils s'apprêtent à crier sur Fatima… quand ils découvrent son visage livide. Ils lui demandent ce qui se passe. Fatima ne répond pas. Amar veut insister mais Djamila Afus déboule en trombe dans la pièce. Imitant les pleureuses lors des enterrements, elle se frappe frénétiquement les poings contre la poitrine en criant :

— Ils l'ont tué, ils l'ont tué, ils l'ont tué !

Djamila hoquette. Tout le monde l'entoure sauf Fatima, prostrée dans son coin. Celle qui fait le plus de bruit attire toute l'attention. Amar demande plusieurs fois qui est mort, sans résultat. Après avoir bu un verre d'eau, Djamila finit par répondre que le Tigre de la Soummam a été surpris par une embuscade entre les villages d'Aït Mekedem et d'Aït Hayani, à soixante kilomètres de là. Le Tigre de la Soummam, c'est le surnom du colonel Abderrahmane Mira, qu'Amar connaissait personnellement. Il l'avait accueilli plusieurs fois chez lui à Chelhab. Si cela s'était su, il serait mort sous la torture. Amar avait l'oreille du colonel, qui reconnaissait en lui, l'ancien militaire, l'un des siens. Le vieil homme avait plaidé auprès de Mira la grâce de plusieurs membres de l'ALN, accusés de trahison. La « bleuite » inocule le venin mortel de la paranoïa chez les combattants. Parfois, il avait réussi à le convaincre, parfois non. Mais en toute occasion, il appréciait chez le colonel un sens de l'honneur qui les rapprochait.

Amar se retire, entouré de sa femme et de ses enfants. Fatima, elle, va se coucher, seule, en se persuadant que ça va aller hamdoullah. Son sommeil dure huit mois, pendant lesquels elle se mure dans le silence. Au réveil, elle est transpercée par une douleur insupportable au ventre. Elle devine immédiatement ce qui lui arrive. C'est l'instinct maternel qui parle. Rien n'avait indiqué sa grossesse, sauf l'absence de saignements et les nausées qu'elle avait attribuées au choc. Toutes les nuits, lui reviennent en mémoire les yeux haineux du soldat, et ils la réveillent.

Fatima a atrocement mal. La peur lui permet de se contrôler, devant les Afus et devant ses parents. Si son père Amar savait, il foncerait sur le premier soldat pour venger l'honneur de sa fille. Il a fait la guerre, la grande, la noble, contre les Allemands. Il s'est battu pour la France. Il a tué pour elle. Il tuerait pour Fatima. Mais il mourrait pour rien, le mal est fait. Elle va promener les moutons, annonce-t-elle. Ses parents sont surpris de la voir sortir de sa léthargie, qu'ils avaient associée à la mort du colonel Mira. Le choc a bousculé la chronologie des événements, ils ne se souviennent pas du visage blême de Fatima avant l'intervention de Djamila Afus. Ils ne la retiennent pas, soulagés de la voir ragaillardie. L'opération Jumelles est terminée depuis fin mars, voilà trois mois, le danger est écarté. Les militaires restent la plupart du temps dans leur caserne, on ne les voit plus beaucoup. Quand Fatima franchit le pas de la porte, elle emporte avec elle sa carte postale de la tour Eiffel. Elle embrasse ses parents, consciente que c'est peut-être la dernière fois qu'elle en aura l'occasion.

Fatima va accoucher, sans l'aide de personne. Sur la route, les branches des oliviers sont à peine soulevées par une légère bise et le frôlement des moutons, guidés par l'habitude. Fatima est pliée en deux. Elle se redresse quand elle croise un voisin, qu'elle déteste d'avoir pris ce chemin. Elle doit donner le change. Aussitôt qu'elle l'a dépassé, elle se précipite vers la clairière où Mohand lui racontait des histoires. Là-bas, elle s'écroule au sol. Elle peut se laisser aller à sa rage : contre le soldat, contre la guerre, contre son mari absent, contre la honte, contre ses parents aveugles à sa souffrance, contre les moutons qui la dévisagent. C'est la haine, pure, qu'elle expulse d'elle en même temps que la chair qui se détache de son corps. Parfois, elle se retourne vers la carte postale de la tour Eiffel et c'est l'espoir qu'elle regarde. Quand elle expire longuement une dernière fois, c'est le bébé de la haine et de l'espoir qui respire.

Le nouveau-né pleure. Elle coupe le cordon ombilical à tâtons. Elle ne veut ni le toucher ni le voir. Ne pas s'attacher car, pendant le travail, l'évidence lui est apparue : elle doit le faire disparaître. L'enterrer. L'enfouir au tréfonds de ses pensées. Le garder ne lui causerait que des problèmes : comment réagiraient la famille, le village ? Et Mohand ? Les questions qui l'assaillent et la fatigue de l'accouchement assomment Fatima. Elle sombre dans une obscurité complète. Un sommeil sans rêve lui apporte du répit. Elle est réveillée par un bruit indistinct. Où est-elle ? Elle a perdu les repères de temps et d'espace dans les ténèbres. Elle a oublié pendant une seconde ce qu'elle fait là. Elle tourne la tête vers le bébé. Il existe, il a une forme, une voix. C'est une fille qui a une bouche, des joues et même des cheveux en épi sur la tête. Elle fuit son regard pour ne pas y retrouver celui de son géniteur.

La réalité matérielle de sa fille met à mal son plan de départ. Elle ne peut plus la faire disparaître. Elle ne peut pas non plus la garder. Tous les scénarios qu'elle ébauche conduisent à des catastrophes. Elle envisage d'abord de l'abandonner dans un village voisin mais cela éveillerait trop de soupçons, son attitude la désignerait comme mère. Les montagnes de Kabylie sont suffisamment hautes pour que l'écho de la rumeur ricoche sur leurs parois et se propage à chaque pierre jonchée sur leurs flancs. Elle ne voit qu'une solution, risquée mais honorable : laisser cet enfant près de la caserne de l'armée française.

Le bâtiment préfabriqué est à l'orée du village, cerné d'herbes hautes jusqu'à une distance d'environ cent mètres. En deçà, la végétation a été rasée par mesure de sécurité. Fatima avance à couvert jusqu'à la limite qui sépare la zone en friche de la partie nue. Ses jambes pèsent soudain une tonne. Et si le soldat qui a posé les mains sur elle la surprenait ? S'il s'adonnait à la même barbarie ? Elle s'arrête net, paralysée de terreur. *Qu'est-ce que tu fous là, toi ?* Elle entend cette phrase de malheur résonner en elle. Impossible d'avancer, ses muscles ne lui obéissent plus, même quand elle se frappe les cuisses pour les stimuler, même quand elle s'invective pour se donner du courage. Et si elle la laissait ici, est-ce qu'on ne la retrouverait pas ? Elle essaie de se persuader que c'est la seule solution mais un deuxième regard vers sa fille la trahit. Elle sourit. Son visage respire la vie. Elle mérite d'avoir toutes ses chances, elle s'est tant battue pour ça.

Fatima entend une voix autre que celle du soldat, celle de Mohand qui lui souffle que Mezes a planté des herbes qui la rendront invisible. Elle lui demande s'il en est sûr, il lui répond que oui, évidemment, avec la même assurance que devant l'imam, quand ils ont échangé leurs vœux de mariage. Rassurée, Fatima avance en fermant les yeux. Lentement, puis pressant le pas, car les pouvoirs magiques de Mezes pourraient se volatiliser. Des bruits la perturbent dans son avancée. Elle n'arrive plus à savoir s'ils sont réels ou dans sa tête. Elle ouvre les yeux. Elle est à distance raisonnable de la caserne. De là, la petite pourra être découverte. La courageuse n'a pas pleuré pendant leur marche. C'est une guerrière, c'est pourquoi Fatima décide de l'appeler Kahina, du nom de la reine berbère Dihya. Ce baptême restera leur secret. Au lieu de partir le plus vite possible, comme la raison le lui commanderait, Fatima reste à ses côtés. Elle ne veut plus partir. Dans ses traits, elle reconnaît les siens. Quitter sa fille est impensable, elle trouvera un moyen d'expliquer cette naissance miraculeuse. Elle se projette et ne voit que le sang : de son mari, de son père. Et les pleurs : de sa mère, de ses sœurs. Elle ne peut pas leur infliger cela. Elle ne peut pas infliger ça à la petite. Fatima la dévisage une dernière fois. Elle s'attarde sur ses yeux. Ils ne sont que douceur, au contraire des flammes qu'elle avait vues dans ceux de son père. Elle peut partir en paix, Kahina n'est pas un monstre, elle en est sûre maintenant.

Pont de Bir-Hakeim

La sirène d'une ambulance se distingue dans le concert des bruits de Paris. Je perçois le son en sourdine. Tout me semble loin, la bousculade autour de ma mère, les cris, les pleurs. Je suis le seul à avoir compris que Kahina n'est pas la construction d'une femme sénescente. Ma mère a poursuivi son récit jusqu'au lendemain de la naissance de sa fille : elle était allée vérifier que l'enfant n'était plus aux abords de la caserne où elle l'avait laissée. Elle n'était plus là, Fatima avait sauvé sa fille et s'était préservée de la folie. Mais pas du remords qui l'avait rattrapée avec l'âge.

Le batelier, pressé par l'urgence, accélère ses manœuvres et tant pis si la péniche cogne brutalement contre la jetée. Les petits ne s'amusent plus à répéter le mot « bitte ». Personne ne parle. Nous sommes en face du pont de Bir-Hakeim, du nom de la bataille où Amar Agradj, mon grand-père maternel, a combattu pendant la Seconde Guerre mondiale. Il appartenait au deuxième bataillon de Légion étrangère de la première brigade française libre. Mon grand-père nous montrait parfois sa médaille mais on ne l'écoutait pas vraiment, il y avait *Goldorak* et *Albator* à la télé. Peut-être qu'il nous avait décrit le déménagement de Chelhab, pendant qu'un Golgoth menaçait la terre dans le petit écran. Le seul détail dont je me souvienne, c'est qu'il avait un jour affirmé que s'il avait eu un autre fils après la guerre, il l'aurait appelé René, le prénom du commandant Babonneau. On avait bien rigolé. Il l'avait échappé belle, le René qui n'était pas né.

La lumière du jour baisse. Les contours de la lune se dessinent dans le ciel. Le soleil surplombe les nuages, laissant passer à travers eux des stries lumineuses qui baignent le visage de ma mère. Je détourne le regard. Ma mère veut partir depuis longtemps déjà, rejoindre mon père et toutes les amies qui l'ont précédée. J'ai parfois réussi à me persuader qu'il en serait mieux ainsi, mais voilà ce moment qui arrive et j'ai peur. Une peur d'enfant qui ne voit pas plus loin que la perte, inéluctable, incommensurable. Je veux être ailleurs, je suis ailleurs, mais Dihya nous demande de bien fixer notre mère, qui bat des paupières. Elle les ouvre avec toutes les peines du monde et nous balaie du regard, un par un, alignés devant la tour Eiffel. Dihya serre la main de notre mère pour lui dire qu'on est là. Elle remue à présent les lèvres. On s'attend à ce que Dihya lui demande de se taire mais elle sait que ce seront ses derniers mots. Notre mère détache les syllabes pour nous dire une phrase en français :

— Elle est belle quand même.

La famille débattra des heures pour savoir si elle désignait la vie, notre famille ou la tour Eiffel. J'ai une autre hypothèse : peut-être songeait-elle à Kahina.

Cimetière de Grigny, 29 octobre 2015

Ça fait dix ans jour pour jour que ma mère est partie. Depuis dix ans, je vis avec son secret. Seul. Chaque fois que je croise une femme d'une cinquantaine d'années dont les traits ressemblent vaguement à ceux de ma mère, je me demande si ce n'est pas Kahina, ma sœur. Il m'est arrivé d'en aborder quelques-unes pour leur poser la question. Toujours des moments embarrassants où mon accroche – « votre visage me rappelle quelque chose » – passe pour la manœuvre d'un dragueur peu subtil.

Dans la famille, on affirme que notre mère est « partie », comme on prétendait qu'elle avait vingt-sept ans de son vivant. Nous sommes toujours aussi inventifs pour fuir la réalité, à force d'euphémismes et de silences. Le voile se lève parfois, des moments fugaces qui m'ont permis de coller certains morceaux du puzzle. On s'est ouvert à moi dès l'enterrement de ma mère, à Grigny, où ses amies m'ont parlé de ses premiers pas en France. Il s'est aussi trouvé quelques mauvaises langues pour critiquer son choix de reposer en paix en France, loin de son mari, dans un cimetière non-musulman. Musulmane et proche de son mari, elle l'est restée. Elle disait que la terre comme le ciel appartenaient à tous et que ni l'un ni l'autre ne seraient assez grands pour les séparer. Mes parents sont arrivés algériens, ils ont eu une famille française. Cette identité s'est construite naturellement, sans papiers ni connaissance de la langue. S'ils avaient dû passer les tests d'accession à la nationalité, ils auraient à coup sûr échoué et pourtant leurs choix les avaient définis.

Aujourd'hui, Sofiane est redevenu Sofiane au travail, Myriam se fait à nouveau appeler Myriam, Dihya est devenue elle-même et a parcouru plusieurs fois le tour du monde, Kader s'est retrouvé en une d'un journal économique sur fond d'un drapeau bleu blanc rouge, décalque du logo de Franchon, le célèbre traiteur qu'il a réussi à racheter en 2011. Moi-même, j'ai changé de nom. Quelques jours après les émeutes de 2005, des éditeurs m'ont appelé pour publier *Le Poids d'une âme*, qu'ils qualifiaient de prémonitoire après en avoir contesté les augures. Mon pseudonyme provient d'une histoire de mon père sur Mezes et Ayachi. Les deux compagnons traversaient le Sidi Rached, le pont de Constantine avant que Mezes ne quitte Ayachi à bord du *Sidi Mabrouk*. J'avais d'abord pensé m'appeler Sidi Rachedi Mabrouk. Trop compliqué pour mon éditeur, qui a remué mon pseudonyme dans tous les sens : Rached Mabrouk, Rachid Mabrouk, Mabrouk Rached. Au gré d'une coquille du correcteur, mon nom de plume est finalement devenu Mabrouck Rachedi. J'ai décidé de l'inscrire à l'état civil, je n'en pouvais plus de vivre sous l'identité d'un mort. Sofiane, Myriam, Dihya, Kader et moi, avons choisi notre identité, chacun à notre manière, et rien n'assure qu'elle n'évolue pas encore. Tant que nous vivrons, nous changerons, ainsi vont les êtres humains et les peuples. L'identité n'est pas qu'un héritage mais aussi un horizon que l'on se fixe. Lors d'une de ces milliers de lectures sur tout et n'importe quoi que j'ai accumulées dans ma vie, j'ai découvert que le fer utilisé pour la tour Eiffel venait en partie des mines de Zaccar et de Rouïna, en Algérie. Le monument le plus célèbre du monde est comme notre famille, français avec des bouts d'Algérie dedans.

Depuis le 29 octobre 2005, les membres de la famille se voient de moins en moins souvent. Notre mère était notre ciment. Alors que j'ai dû être hospitalisé pendant près d'un an, je n'en ai parlé à personne et personne ne l'a remarqué. Un jour, un enfant est venu me voir dans ma chambre. Sa mère lui avait demandé d'aller visiter les personnes seules parce qu'il y avait trop de monde dans la sienne. J'ai pensé à la mienne. Elle aurait râlé, nous aurait reproché d'être, en cela, devenus de vrais Français. Autre preuve, ses anniversaires d'enterrement rassemblent de moins en moins de gens. Je n'ai pas toujours été là pour le constater, la vie a repris son cours et, comme les autres, j'ai trouvé de bonnes excuses pour me dispenser de la visiter au cimetière. Kahina m'a plusieurs fois tiré du lit pour que j'aille fleurir sa tombe mais trois ans après la mort de ma mère, elle m'a quitté. Celle à qui je n'ai jamais su dire « je t'aime » en a eu assez de ma vie d'artiste. L'expression, autrefois admirative, est devenue dédaigneuse. Elle avait été fière de la publication de mon premier roman. Mais ça ne fait pas vivre une famille. J'espérais que le succès qui la réconforterait viendrait au prochain livre, puis au suivant... Je suis devenu une éternelle déception et un homme à charge. Mes rêves s'emboîtaient de plus en plus mal avec ceux de Kahina : une famille, un appartement à Paris, une voiture, des voyages... Les contingences matérielles, comme on qualifie pudiquement l'argent, se sont immiscées dans notre couple. Nous nous sommes séparés et, depuis, j'ai appris qu'elle s'était mariée avec un analyste financier, mon ancien métier, et qu'elle a eu auprès de lui la vie qu'elle souhaitait.

Kahina détestait les RER. Je suis dans l'un d'eux, une annonce au micro me rappelle combien elle avait raison : « Votre attention s'il vous plaît, votre train est arrêté en pleine voie, pour votre sécurité, veuillez rester dans les voitures et ne pas ouvrir les portes. Merci de votre compréhension. » Nous sommes coincés entre les gares d'Orangis-Bois de l'Épine et Grigny-Centre. Certaines choses ne changent jamais et je crains que dans dix ans, la banlieue ne reste la même, à l'image de ces hommes qui, à la gare, distribuent des tracts pour des marabouts. Ils promettent pêle-mêle de résoudre les problèmes de santé, d'amour, d'informatique et sexuels. Je souris à l'un d'eux, qui le prend pour une moquerie. Il n'a pas tout à fait tort mais je présente quand même mes excuses, interrompues par une voix haut perchée :

— Petit Malik ! Petit Malik !

Tout le monde m'appelle Mabrouck, sauf ma famille. Je ne suis donc qu'à moitié surpris en me retournant sur ma nièce Myriam. Chaque fois, je m'étonne qu'elle soit devenue si grande, je n'arrive pas à m'y habituer. Je ne sais pas si je dois étreindre la petite fille ou faire la bise à la jeune femme, alors je fais un peu des deux. À côté d'elle, Adam, son frère, me saute au cou comme s'il avait toujours huit ans. Il en a dix-huit, et je ploie sous son poids. Vu sa carrure, il lui serait plus facile de me porter plutôt que l'inverse.

— Sonia n'est pas là ?

— Elle est malade.

Reconnaissant l'excuse habituelle, je souris, ce que Myriam remarque.

— Elle est vraiment malade, cette fois.

— D'accord. Et vous, vous ne devriez pas être à l'école ? Nous sommes jeudi.

— Tu plaisantes ? Nous n'aurions manqué l'événement pour rien au monde !

L'événement : le mot fait ressurgir une vague de nostalgie. Je n'ai pas pleuré le jour de l'enterrement de ma mère. Je n'ai pas réussi. J'étais étranger à l'instant, étranger à moi-même, torturé par le secret qui me hantait : fallait-il que je parle de notre sœur Kahina ? J'ai aussitôt oublié le tamazight et l'autre Kahina, ma compagne, n'a jamais compris pourquoi je ne voulais plus l'apprendre. J'aurais aimé ne jamais l'avoir apprise, cette langue de malheur qui m'avait éveillé à celui de ma mère. Je provoque Adam pour une fausse bagarre, la bonne vieille méthode de ma jeunesse pour masquer mes émotions.

La longue marche jusqu'au cimetière est l'occasion de prendre de leurs nouvelles. Nous nous dépêchons, le ciel est couvert, la pluie menace. Myriam est en dernière année de droit, Adam est en première année d'une école de commerce hors de prix. Les trois petits derniers vont bien, ils sont dans une école privée où ils ont d'excellents résultats. Finalement, Sofiane a eu ses trois filles et ses deux garçons, comme prévu dans son cahier des charges. Myriam et Adam ont travaillé cet été dans l'entreprise de leur oncle Kader. La une où il posait sur fond de drapeau tricolore marquait le succès de l'introduction en Bourse de sa holding TroKadero, le nouveau nom de sa société, choisie pour lui donner une touche d'élégance parisienne mâtinée d'un zeste de narcissisme. Elle souligne aussi la couleur cocardière de son discours, il est devenu le chantre d'un discours libéral patriotique. Kader a changé depuis qu'il a eu des enfants, même s'il continue de me demander parfois si je ne veux pas un travail sérieux. Des rumeurs persistantes lui prêtent l'ambition de se lancer dans la campagne municipale de Grigny. Il veut faire barrage à l'extrême droite et régler un compte personnel avec son chef de file local, Étienne Barratier. Cette discussion à bâtons rompus avec mon neveu et ma nièce ressemble à une pré-campagne électorale, ils parlent de Kader avec l'accent de l'admiration. C'est notre premier vrai échange depuis les attentats de janvier. Nous nous étions retrouvés par hasard place de la République pour communier avec d'autres morts et j'y avais découvert René, deux ans, le petit dernier de la famille, à qui Sofiane avait donné le nom du commandant de notre grand-père Amar à Bir-Hakeim.

Au cimetière, je demande aux enfants de me laisser seul. Je vais faire un détour par la tombe de Gérard, notre oncle français. Je devrais souhaiter qu'il repose en paix mais je suis sûr que ça le ferait bien chier, la paix. Sa grosse voix doit résonner où qu'il soit. En avançant vers sa tombe, je reconnais des noms de mon enfance. Abdou, un pote de 5e tombé dans la drogue et les ennuis qui vont avec. Lounès, un voisin retrouvé mort sur un trottoir dans des circonstances « inélucidées » – le mot était inscrit dans le rapport de police. Akram, accidenté lors d'une course-poursuite avec la police. Nous avons parcouru de drôles de chemins, quand même : la maladie des enfants d'immigrés, c'est la violence en banlieue. Paradoxalement, je ne retiens des morts que leur joie. Le retourné acrobatique d'anthologie d'Abdou lors de la super finale de foot en primaire, Lounès qui, étourdi, avait débarqué en pyjama lors de la rentrée en 3e, Akram qui m'avait présenté Sofia, mon premier flirt, avec un clin d'œil appuyé l'air de dire : « Fonce mon gars, elle est pour toi. » Elle n'a pas été si mal que ça, notre vie, après tout.

Des dizaines de bouquets de fleurs fraîches recouvrent la pierre tombale de Gérard. Est-il possible que tant de monde l'honore après toutes ces années ? Je passe en revue les noms inscrits sur les cartes : Sofiane et Catherine, Kader et Taslima,

Dihya et Younès, Driss et Fatoumata, Khadija et Ambroise, Faïz et Massilya… Les frères, sœurs, et aussi les neveux, nièces, beaux-frères, belles-filles sont venus fleurir sa tombe. Je comprends qu'ils sont tous là, au cimetière, pour ma mère. J'avance vers elle, vers eux, accompagné par le frémissement des feuilles mortes au sol. Des gouttelettes de pluie se sont enfin décidées à tomber. Les larmes débordent de mes yeux. Je n'ai plus peur de mes émotions ni de la réalité : je vais raconter à ma famille réunie que le vent qui souffle à leurs oreilles est peut-être le murmure de notre sœur Kahina, même si la vérité peut faire mal.

Remerciements

À Pauline Perrignon, qui m'a dit tous les mots qu'il fallait pour m'encourager, dont le travail d'édition a été extrêmement précieux et dont les qualités d'âme sont aussi remarquables que son professionnalisme.

À toutes les formidables équipes Grasset.

À Romane, dont l'esprit traverse ce roman.

À toutes les équipes du CNL qui m'ont soutenu, non seulement matériellement en tant qu'institution mais aussi humainement en me témoignant une bienveillance rare.

À toutes celles et ceux que je ne peux pas citer sans craindre d'oublier l'un d'eux : vous faites vous aussi partie de ma grande famille.

Composition Maury Imprimeur

Cet ouvrage a été imprimé par
CPI Firmin-Didot au Mesnil-sur-l'Estrée
pour le compte des Éditions Grasset
en janvier 2022.

PAPIER À BASE DE
FIBRES CERTIFIÉES

Grasset s'engage pour
l'environnement en réduisant
l'empreinte carbone de ses livres.
Celle de cet exemplaire est de :
450 g éq. CO_2
Rendez-vous sur
www.grasset-durable.fr

N° d'édition : 22300 - N° d'impression : 167332
Dépôt légal : février 2022
Imprimé en France